Contemporánea

Nacido en Bruselas en 1914, durante una estancia temporal de sus padres en esa ciudad, **Julio Cortázar** es uno de los escritores argentinos más importantes de todos los tiempos. Realizó estudios de Letras y de Magisterio y trabajó como docente en varias ciudades del interior de Argentina. En 1951 fijó su residencia definitiva en París, desde donde desarrolló una obra literaria única dentro de la lengua castellana. Algunos de sus cuentos se encuentran entre los más perfectos del género. Su novela *Rayuela* conmocionó el panorama cultural de su tiempo y marcó un hito insoslayable dentro de la narrativa contemporánea. Cortázar murió en París en 1984.

Julio Cortázar

Bestiario

DEBOLS!LLO

Primera edición en Debolsillo: mayo, 2016

© 1951, Julio Cortázar y Herederos de Julio Cortázar
© 2016, Penguin Random House Grupo Editorial, S.A.U.
Travessera de Gràcia, 47-49. 08021 Barcelona

Printed in Spain – Impreso en España

ISBN: 978-84-663-3184-5
Depósito legal: B-21.685-2015

Impreso en Liberdúplex
Sant Llorenç d'Hortons (Barcelona)

P 3 3 1 8 4 5

Penguin
Random House
Grupo Editorial

Índice

A Paco,
que gustaba de mis relatos

Casa tomada

Nos gustaba la casa porque aparte de espaciosa y antigua (hoy que las casas antiguas sucumben a la más ventajosa liquidación de sus materiales) guardaba los recuerdos de nuestros bisabuelos, el abuelo paterno, nuestros padres y toda la infancia.

Nos habituamos Irene y yo a persistir solos en ella, lo que era una locura pues en esa casa podían vivir ocho personas sin estorbarse. Hacíamos la limpieza por la mañana, levantándonos a las siete, y a eso de las once yo le dejaba a Irene las últimas habitaciones por repasar y me iba a la cocina. Almorzábamos a mediodía, siempre puntuales; ya no quedaba nada por hacer fuera de unos pocos platos sucios. Nos resultaba grato almorzar pensando en la casa profunda y silenciosa y cómo nos bastábamos para mantenerla limpia. A veces llegamos a creer que era ella la que no nos dejó casarnos. Irene rechazó dos pretendientes sin mayor motivo, a mí se me murió María Esther antes que llegáramos a comprometernos. Entramos en los cuarenta años con la inexpresada idea de que el nuestro, simple y silencioso matrimonio de hermanos, era necesaria clausura de la genealogía asentada por los bisabuelos en nuestra casa. Nos moriríamos allí algún día, vagos y esquivos primos se quedarían con la casa y la echarían al suelo para enriquecerse con el terreno y los ladrillos; o mejor, nosotros mismos la voltearíamos justicieramente antes de que fuese demasiado tarde.

Irene era una chica nacida para no molestar a nadie. Aparte de su actividad matinal se pasaba el resto del día tejiendo en el sofá de su dormitorio. No sé por qué tejía tanto, yo creo que las mujeres tejen cuando han encontrado en esa labor el gran pretexto para no hacer nada. Irene no era así, tejía cosas siempre necesarias, tricotas para el invierno, medias para mí, mañanitas y chalecos para ella. A veces tejía un chaleco y después lo destejía en un momento porque algo no le agradaba; era gracioso ver en la canastilla el montón de lana encrespada resistiéndose a perder su forma de algunas horas. Los sábados iba yo al centro a comprarle lana; Irene tenía fe en mi gusto, se complacía con los colores y nunca tuve que devolver madejas. Yo aprovechaba esas salidas para dar una vuelta por las librerías y preguntar vanamente si había novedades en literatura francesa. Desde 1939 no llegaba nada valioso a la Argentina.

Pero es de la casa que me interesa hablar, de la casa y de Irene, porque yo no tengo importancia. Me pregunto qué hubiera hecho Irene sin el tejido. Uno puede releer un libro, pero cuando un pulóver está terminado no se puede repetirlo sin escándalo. Un día encontré el cajón de abajo de la cómoda de alcanfor lleno de pañoletas blancas, verdes, lila. Estaban con naftalina, apiladas como en una mercería; no tuve valor de preguntarle a Irene qué pensaba hacer con ellas. No necesitábamos ganarnos la vida, todos los meses llegaba la plata de los campos y el dinero aumentaba. Pero a Irene solamente la entretenía el tejido, mostraba una destreza maravillosa y a mí se me iban las horas viéndole las manos como erizos plateados, agujas yendo y viniendo y una o dos canastillas en el suelo donde se agitaban constantemente los ovillos. Era hermoso.

Cómo no acordarme de la distribución de la casa. El comedor, una sala con gobelinos, la biblioteca y tres dormitorios grandes quedaban en la parte más retirada, la que mira hacia Rodríguez Peña. Solamente un pasillo con su maciza puerta de roble aislaba esa parte del ala delantera donde había un baño, la cocina, nuestros dormitorios y el living central, al cual comunicaban los dormitorios y el pasillo. Se entraba a la casa por un zaguán con mayólica, y la puerta cancel daba al living. De manera que uno entraba por el zaguán, abría la cancel y pasaba al living; tenía a los lados las puertas de nuestros dormitorios, y al frente el pasillo que conducía a la parte más retirada; avanzando por el pasillo se franqueaba la puerta de roble y más allá empezaba el otro lado de la casa, o bien se podía girar a la izquierda justamente antes de la puerta y seguir por un pasillo más estrecho que llevaba a la cocina y al baño. Cuando la puerta estaba abierta advertía uno que la casa era muy grande; si no, daba la impresión de un departamento de los que se edifican ahora, apenas para moverse; Irene y yo vivíamos siempre en esta parte de la casa, casi nunca íbamos más allá de la puerta de roble, salvo para hacer la limpieza, pues es increíble cómo se junta tierra en los muebles. Buenos

Aires será una ciudad limpia, pero eso lo debe a sus habitantes y no a otra cosa. Hay demasiada tierra en el aire, apenas sopla una ráfaga se palpa el polvo en los mármoles de las consolas y entre los rombos de las carpetas de macramé; da trabajo sacarlo bien con plumero, vuela y se suspende en el aire, un momento después se deposita de nuevo en los muebles y los pianos.

Lo recordaré siempre con claridad porque fue simple y sin circunstancias inútiles. Irene estaba tejiendo en su dormitorio, eran las ocho de la noche y de repente se me ocurrió poner al fuego la pavita del mate. Fui por el pasillo hasta enfrentar la entornada puerta de roble, y daba la vuelta al codo que llevaba a la cocina cuando escuché algo en el comedor o la biblioteca. El sonido venía impreciso y sordo, como un volcarse de silla sobre la alfombra o un ahogado susurro de conversación. También lo oí, al mismo tiempo o un segundo después, en el fondo del pasillo que traía desde aquellas piezas hasta la puerta. Me tiré contra la puerta antes de que fuera demasiado tarde, la cerré de golpe apoyando el cuerpo; felizmente la llave estaba puesta de nuestro lado y además corrí el gran cerrojo para más seguridad.

Fui a la cocina, calenté la pavita, y cuando estuve de vuelta con la bandeja del mate le dije a Irene:

—Tuve que cerrar la puerta del pasillo. Han tomado la parte del fondo.

Dejó caer el tejido y me miró con sus graves ojos cansados.

—¿Estás seguro?

Asentí.

—Entonces —dijo recogiendo las agujas— tendremos que vivir en este lado.

Yo cebaba el mate con mucho cuidado, pero ella tardó un rato en reanudar su labor. Me acuerdo que tejía un chaleco gris; a mí me gustaba ese chaleco.

Los primeros días nos pareció penoso porque ambos habíamos dejado en la parte tomada muchas cosas que queríamos. Mis libros de literatura francesa, por ejemplo, estaban todos en la biblioteca. Irene extrañaba unas carpetas, un par de pantuflas que tanto la abrigaban en invierno. Yo sentía mi pipa de enebro y creo que Irene pensó en una botella de Hesperidina de muchos años. Con frecuencia (pero esto solamente sucedió los primeros días) cerrábamos algún cajón de las cómodas y nos mirábamos con tristeza.

—No está aquí.

Y era una cosa más de todo lo que habíamos perdido al otro lado de la casa.

Pero también tuvimos ventajas. La limpieza se simplificó tanto que aun levantándose tardísimo, a las nueve y media por ejemplo, no daban las once y ya estábamos de brazos cruzados. Irene se acostumbró a ir conmigo a la cocina y ayudarme a preparar el almuerzo. Lo pensamos bien, y se decidió esto: mientras yo preparaba el almuerzo, Irene cocinaría platos para comer fríos de noche. Nos alegramos porque siempre resulta molesto tener que abandonar los dormitorios al atardecer y ponerse a cocinar. Ahora nos bastaba con la mesa en el dormitorio de Irene y las fuentes de comida fiambre.

Irene estaba contenta porque le quedaba más tiempo para tejer. Yo andaba un poco perdido a causa de los libros, pero por no afligir a mi hermana me puse a revisar la colección de estampillas de papá, y eso me sirvió para matar el tiempo. Nos divertíamos mucho, cada uno en sus cosas, casi siempre reunidos en el dormitorio de Irene que era más cómodo. A veces Irene decía:

—Fíjate este punto que se me ha ocurrido. ¿No da un dibujo de trébol?

Un rato después era yo el que le ponía ante los ojos un cuadradito de papel para que viese el mérito de algún sello de Eupen y Malmédy. Estábamos bien, y poco a poco empezábamos a no pensar. Se puede vivir sin pensar.

(Cuando Irene soñaba en alta voz yo me desvelaba en seguida. Nunca pude habituarme a esa voz de estatua o papagayo, voz que viene de los sueños y no de la garganta. Irene decía que mis sueños consistían en grandes sacudones que a veces hacían caer el cobertor. Nuestros dormitorios tenían el living de por medio, pero de noche se escuchaba cualquier cosa en la casa. Nos oíamos respirar, toser, presentíamos el ademán que conduce a la llave del velador, los mutuos y frecuentes insomnios.

Aparte de eso todo estaba callado en la casa. De día eran los rumores domésticos, el roce metálico de las agujas de tejer, un crujido al pasar las hojas del álbum filatélico. La puerta de roble, creo haberlo dicho, era maciza. En la cocina y el baño, que quedaban tocando la parte tomada, nos poníamos a hablar en voz más alta o Irene cantaba canciones de cuna. En una cocina hay demasiado ruido de loza y vidrios para que otros sonidos irrumpan en ella. Muy pocas veces permitíamos allí el silencio, pero cuando tornábamos a los dormitorios y al living, entonces la casa se ponía callada y a media luz, hasta pisábamos más despacio para no molestarnos. Yo creo que era por eso que de noche, cuando Irene empezaba a soñar en alta voz, me desvelaba en seguida.)

Es casi repetir lo mismo salvo las consecuencias. De noche siento sed, y antes de acostarnos le dije a Irene que iba hasta la cocina a servirme un vaso de agua. Desde la puerta del dormitorio (ella tejía) oí el ruido en la cocina; tal vez en la cocina o tal vez en el baño porque el codo del pasillo apagaba el sonido. A Irene le llamó la atención mi brusca manera de detenerme, y vino a mi lado sin decir palabra. Nos quedamos escuchando los ruidos, notando claramente que eran de este lado de la puerta de roble, en la cocina y en el baño, o en el pasillo mismo donde empezaba el codo casi al lado nuestro.

No nos miramos siquiera. Apreté el brazo de Irene y la hice correr conmigo hasta la puerta cancel, sin volvernos hacia atrás. Los ruidos se oían más fuerte pero siempre sordos, a espaldas nuestras. Cerré de un golpe la cancel y nos quedamos en el zaguán. Ahora no se oía nada.

—Han tomado esta parte— dijo Irene. El tejido le colgaba de las manos y las hebras iban hasta la cancel y se perdían debajo. Cuando vio que los ovillos habían quedado del otro lado, soltó el tejido sin mirarlo.

—¿Tuviste tiempo de traer alguna cosa?— le pregunté inútilmente.

—No, nada.

Estábamos con lo puesto. Me acordé de los quince mil pesos en el armario de mi dormitorio. Ya era tarde ahora.

Como me quedaba el reloj pulsera, vi que eran las once de la noche. Rodeé con mi brazo la cintura de Irene (yo creo que ella estaba llorando) y salimos así a la calle. Antes de alejarnos tuve lástima, cerré bien la puerta de entrada y tiré la llave a la alcantarilla. No fuese que a algún pobre diablo se le ocurriera robar y se metiera en la casa, a esa hora y con la casa tomada.

Carta a una señorita en París

Andrée, yo no quería venirme a vivir a su departamento de la calle Suipacha. No tanto por los conejitos, más bien porque me duele ingresar en un orden cerrado, construido ya hasta en las más finas mallas del aire, esas que en su casa preservan la música de la lavanda, el aletear de un cisne con polvos, el juego del violín y la viola en el cuarteto de Rará. Me es amargo entrar en un ámbito donde alguien que vive bellamente lo ha dispuesto todo como una reiteración visible de su alma, aquí los libros (de un lado en español, del otro en francés e inglés), allí los almohadones verdes, en este preciso sitio de la mesita el cenicero de cristal que parece el corte de una pompa de jabón, y siempre un perfume, un sonido, un crecer de plantas, una fotografía del amigo muerto, ritual de bandejas con té y tenacillas de azúcar... Ah, querida Andrée, qué difícil oponerse, aun aceptándolo con entera sumisión del propio ser, al orden minucioso que una mujer instaura en su liviana residencia. Cuán culpable tomar una tacita de metal y ponerla al otro extremo de la mesa, ponerla allí simplemente porque uno ha traído sus diccionarios ingleses y es de este lado, al alcance de la mano, donde habrán de estar. Mover esa tacita vale por un horrible rojo inesperado en medio de una modulación de Ozenfant, como si de golpe las cuerdas de todos los contrabajos se rompieran al mismo tiempo con el mismo espantoso chicotazo en el instante más callado de una sinfonía de Mozart. Mover esa tacita altera el juego de relaciones de toda la casa, de cada objeto con otro, de cada momento de su alma con el alma entera de la casa y su habitante lejana. Y yo no puedo acercar los dedos a un libro, ceñir apenas el cono de luz de una lámpara, destapar la caja de música, sin que un sentimiento de ultraje y desafío me pase por los ojos como un bando de gorriones.

Usted sabe por qué vine a su casa, a su quieto salón solicitado de mediodía. Todo parece tan natural, como siempre que no se sabe la verdad. Usted se ha ido a París, yo me quedé con el departamento de la calle Suipacha, elaboramos un simple y satisfactorio plan de mutua conveniencia hasta que septiembre la traiga de nuevo a Buenos Aires y me lance a mí a alguna otra casa donde quizá… Pero no le escribo por eso, esta carta se la envío a causa de los conejitos, me parece justo enterarla; y porque me gusta escribir cartas, y tal vez porque llueve.

Me mudé el jueves pasado, a las cinco de la tarde, entre niebla y hastío. He cerrado tantas maletas en mi vida, me he pasado tantas horas haciendo equipajes que no llevaban a ninguna parte, que el jueves fue un día lleno de sombras y correas, porque cuando yo veo las correas de las valijas es como si viera sombras, elementos de un látigo que me azota indirectamente, de la manera más sutil y más horrible. Pero hice las maletas, avisé a su mucama que vendría a instalarme, y subí en el ascensor.

Justo entre el primero y segundo piso sentí que iba a vomitar un conejito. Nunca se lo había explicado antes, no crea que por deslealtad, pero naturalmente uno no va a ponerse a explicarle a la gente que de cuando en cuando vomita un conejito. Como siempre me ha sucedido estando a solas, guardaba el hecho igual que se guardan tantas constancias de lo que acaece (o hace uno acaecer) en la privacía total. No me lo reproche, Andrée, no me lo reproche. De cuando en cuando me ocurre vomitar un conejito. No es razón para no vivir en cualquier casa, no es razón para que uno tenga que avergonzarse y estar aislado y andar callándose.

Cuando siento que voy a vomitar un conejito, me pongo dos dedos en la boca como una pinza abierta, y espero a sentir en la garganta la pelusa tibia que sube como una efervescencia de sal de frutas. Todo es veloz e higiénico, transcurre en un brevísimo instante. Saco los dedos de la boca, y en ellos traigo sujeto por las orejas a un conejito blanco. El conejito parece contento, es un conejito normal y perfecto, sólo que muy pequeño, pequeño como un conejito de chocolate pero blanco y enteramente un conejito. Me lo pongo en la palma de la mano, le alzo la pelusa con una caricia de los dedos, el conejito parece satisfecho de haber nacido y bulle y pega el hocico contra mi piel, moviéndolo con esa trituración silenciosa y cosquilleante del hocico de un conejo contra la piel de una mano. Busca de comer y entonces yo (hablo de cuando esto ocurría en mi casa de las afueras) lo saco conmigo al balcón y lo pongo en la gran maceta donde crece el trébol que a propósito he sembrado. El conejito alza del todo sus orejas, envuelve un trébol tierno con un veloz molinete del hocico, y yo sé que puedo dejarlo e irme, continuar por un tiempo una vida no distinta a la de tantos que compran sus conejos en las granjas.

Entre el primero y el segundo piso, Andrée, como un anuncio de lo que sería mi vida en su casa, supe que iba a vomitar un conejito. En seguida tuve miedo (¿o era extrañeza? No, miedo de la misma extrañeza, acaso) porque antes de dejar mi casa, sólo dos días antes, había vomitado un conejito y estaba seguro por un mes, por cinco semanas, tal vez seis con un poco de suerte. Mire usted, yo tenía perfectamente resuelto el problema de los conejitos. Sembraba trébol en el balcón de mi otra casa, vomitaba un conejito, lo ponía en el trébol y al cabo de un mes, cuando sospechaba que de un momento a otro... entonces regalaba el conejo ya crecido a la señora de Molina, que creía en un *hobby* y se callaba. Ya en otra maceta venía creciendo un trébol tierno y propicio, yo aguardaba sin preocupación la mañana en que la cosquilla de una pelusa subiendo me cerraba la garganta, y el nuevo conejito repetía desde esa hora la vida y las costumbres del anterior. Las costumbres, Andrée, son formas concretas del ritmo, son la cuota de ritmo que nos ayuda a vivir. No era tan terrible vomitar conejitos una vez que se había entrado en el ciclo invariable, en el método. Usted querrá saber por qué todo ese trabajo, por qué todo ese trébol y la señora de Molina. Hubiera sido preferible matar en seguida al conejito y... Ah, tendría usted que vomitar tan sólo uno, tomarlo con dos dedos y ponérselo en la mano abierta, adherido aún a usted por el acto mismo, por el aura inefable de su proximidad apenas rota. Un mes distancia tanto; un mes es tamaño, largos pelos, saltos, ojos salvajes, diferencia absoluta. Andrée, un mes es un conejo, hace de veras a un conejo; pero el minuto inicial, cuando el copo tibio y bullente encubre una presencia inajenable… Como un poema en los primeros minutos, el fruto de una noche de Idumea: tan de uno que uno mismo… y después tan no uno, tan aislado y distante en su llano mundo blanco tamaño carta.

Me decidí, con todo, a matar al conejito apenas naciera. Yo viviría cuatro meses en su casa: cuatro —quizá, con suerte, tres— cucharadas de alcohol en el hocico. (¿Sabe usted que la misericordia permite matar instantáneamente a un conejito dándole a beber una cucharada de alcohol? Su carne sabe luego mejor, dicen, aunque yo… Tres o cuatro cucharadas de alcohol, luego el cuarto de baño o un paquete sumándose a los desechos.)

Al cruzar el tercer piso el conejito se movía en mi mano abierta. Sara esperaba arriba, para ayudarme a entrar las valijas… ¿Cómo explicarle que un capricho, una tienda de animales? Envolví el conejito en mi pañuelo, lo puse en el bolsillo del sobretodo dejando el sobretodo suelto para no oprimirlo. Apenas se movía. Su menuda conciencia debía estarle revelando hechos importantes: que la vida es un movimiento hacia arriba con un click final, y que es también un cielo bajo, blanco, envolvente y oliendo a lavanda, en el fondo de un pozo tibio.

Sara no vio nada, la fascinaba demasiado el arduo problema de ajustar su sentido del orden a mi valija-ropero, mis papeles y mi displicencia ante sus elaboradas explicaciones donde abunda la expresión «por ejemplo». Apenas pude me encerré en el baño; matarlo ahora. Una fina zona de calor rodeaba el pañuelo, el conejito era blanquísimo y creo que mas lindo que los otros. No me miraba, solamente bullía y estaba contento, lo que era el más horrible modo de mirarme. Lo encerré en el botiquín vacío y me volví para desempacar, desorientado pero no infeliz, no culpable, no jabonándome las manos para quitarles una última convulsión.

Comprendí que no podía matarlo. Pero esa misma noche vomité un conejito negro.

Y dos días después uno blanco. Y a la cuarta noche un conejito gris.

Usted ha de amar el bello armario de su dormitorio, con la gran puerta que se abre generosa, las tablas vacías a la espera de mi ropa. Ahora los tengo ahí. Ahí dentro. Verdad que parece imposible; ni Sara lo creería. Porque Sara nada sospecha, y el que no sospeche nada procede de mi horrible tarea, una tarea que se lleva mis días y mis noches en un solo golpe de rastrillo y me va calcinando por dentro y endureciendo como esa estrella de mar que ha puesto usted sobre la bañera y que a cada baño parece llenarle a uno el cuerpo de sal y azotes de sol y grandes rumores de la profundidad.

De día duermen. Hay diez. De día duermen. Con la puerta cerrada, el armario es una noche diurna solamente para ellos, allí duermen su noche con sosegada obediencia. Me llevo las llaves del dormitorio al partir a mi empleo. Sara debe creer que desconfío de su honradez y me mira dubitativa, se le ve todas las mañanas que está por decirme algo, pero al final se calla y yo estoy tan contento. (Cuando arregla el dormitorio, de nueve a diez, hago ruido en el salón, pongo un disco de Benny Carter que ocupa toda la atmósfera, y como Sara es también amiga de saetas y pasodobles, el armario parece silencioso y acaso lo esté, porque para los conejitos transcurre ya la noche y el descanso.)

Su día principia a esa hora que sigue a la cena, cuando Sara se lleva la bandeja con un menudo tintinear de tenacillas de azúcar, me desea buenas noches —sí, me las desea, Andrée, lo más amargo es que me desea las buenas noches— y se encierra en su cuarto y de pronto estoy yo solo, solo con el armario condenado, solo con mi deber y mi tristeza.

Los dejo salir, lanzarse ágiles al asalto del salón, oliendo vivaces el trébol que ocultaban mis bolsillos y ahora hace en la alfombra efímeras puntillas que ellos alteran, remueven, acaban en un momento. Comen bien, callados y correctos, hasta ese instante nada tengo que decir, los miro solamente desde el sofá, con un libro inútil en la mano —yo que quería leerme todos sus Giraudoux, Andrée, y la historia argentina de López que tiene usted en el anaquel más bajo—; y se comen el trébol.

Son diez. Casi todos blancos. Alzan la tibia cabeza hacia las lámparas del salón, los tres soles inmóviles de su día, ellos que aman la luz porque su noche no tiene luna ni estrellas ni faroles. Miran su triple sol y están contentos. Así es que saltan por la alfombra, a las sillas, diez manchas livianas se trasladan como una moviente constelación de una parte a otra, mientras yo quisiera verlos quietos, verlos a mis pies y quietos —un poco el sueño de todo dios, Andrée, el sueño nunca cumplido de los dioses—, no así insinuándose detrás del retrato de Miguel de Unamuno, en torno al jarrón verde claro, por la negra cavidad del escritorio, siempre menos de diez, siempre seis u ocho y yo preguntándome dónde andarán los dos que faltan, y si Sara se levantara por cualquier cosa, y la presidencia de Rivadavia que yo quería leer en la historia de López.

No sé cómo resisto, Andrée. Usted recuerda que vine a descansar a su casa. No es culpa mía si de cuando en cuando vomito un conejito, si esta mudanza me alteró también por dentro —no es nominalismo, no es magia, solamente que las cosas no se pueden variar así de pronto, a veces las cosas viran brutalmente y cuando usted esperaba la bofetada a la derecha—. Así, Andrée, o de otro modo, pero siempre así.

Le escribo de noche. Son las tres de la tarde, pero le escribo en la noche de ellos. De día duermen. ¡Qué alivio esta oficina cubierta de gritos, órdenes, máquinas Royal, vicepresidentes y mimeógrafos! ¡Qué alivio, qué paz, qué horror, Andrée! Ahora me llaman por teléfono, son los amigos que se inquietan por mis noches recoletas, es Luis que me invita a caminar o Jorge que me guarda un concierto. Casi no me atrevo a decirles que no, invento prolongadas e ineficaces historias de mala salud, de traducciones atrasadas, de evasión. Y cuando regreso y subo en el ascensor —ese tramo, entre el primero y segundo piso— me formulo noche a noche irremediablemente la vana esperanza de que no sea verdad.

Hago lo que puedo para que no destrocen sus cosas. Han roído un poco los libros del anaquel más bajo, usted los encontrará disimulados para que Sara no se dé cuenta. ¿Quería usted mucho su lámpara con el vientre de porcelana lleno de mariposas y caballeros antiguos? El trizado apenas se advierte, toda la noche trabajé con un cemento especial que me vendieron en una casa inglesa —usted sabe que las casas inglesas tienen los mejores cementos— y ahora me quedo al lado para que ninguno la alcance otra vez con las patas (es casi hermoso ver cómo les gusta pararse, nostalgia de lo humano distante, quizá imitación de su dios ambulando y mirándolos hosco; además usted habrá advertido —en su infancia, quizá— que se puede dejar a un conejito en penitencia contra la pared, parado, las patitas apoyadas y muy quieto horas y horas).

A las cinco de la mañana (he dormido un poco, tirado en el sofá verde y despertándome a cada carrera afelpada, a cada tintineo) los pongo en el armario y hago la limpieza. Por eso Sara encuentra todo bien aunque a veces le he visto algún asombro contenido, un quedarse mirando un objeto, una leve decoloración de la alfombra, y de nuevo el deseo de preguntarme algo, pero yo silbando las variaciones sinfónicas de Franck, de manera que nones. Para qué contarle, Andrée, las minucias desventuradas de ese amanecer sordo y vegetal, en que camino entredormido levantando cabos de trébol, hojas sueltas, pelusas blancas, dándome contra los muebles, loco de sueño, y mi Gide que se atrasa, Troyat que no he traducido, y mis respuestas a una señora lejana que estará preguntándose ya si... para qué seguir todo esto, para qué seguir esta carta que escribo entre teléfonos y entrevistas.

Andrée, querida Andrée, mi consuelo es que son diez y ya no más. Hace quince días contuve en la palma de la mano un último conejito, después nada, solamente los diez conmigo, su diurna noche y creciendo, ya feos y naciéndoles el pelo largo, ya adolescentes y llenos de urgencias y caprichos, saltando sobre el busto de Antínoo (¿es Antínoo, verdad, ese muchacho que mira ciegamente?) o perdiéndose en el living donde sus movimientos crean ruidos resonantes, tanto que de allí debo echarlos por miedo a que los oiga Sara y se me aparezca horripilada, tal vez en camisón —porque Sara ha de ser así, con camisón— y entonces... Solamente diez, piense usted esa pequeña alegría que tengo en medio de todo, la creciente calma con que franqueo de vuelta los rígidos cielos del primero y el segundo piso.

Interrumpí esta carta porque debía asistir a una tarea de comisiones. La continúo aquí en su casa, Andrée, bajo una sorda grisalla de amanecer. ¿Es de veras el día siguiente, Andrée? Un trozo en blanco de la página será para usted el intervalo, apenas el puente que une mi letra de ayer a mi letra de hoy. Decirle que en ese intervalo todo se ha roto, donde mira usted el puente fácil oigo yo quebrarse la cintura furiosa del agua, para mí este lado del papel, este lado de mi carta no continúa la calma con que venía yo escribiéndole cuando la dejé para asistir a una tarea de comisiones. En su cúbica noche sin tristeza duermen once conejitos; acaso ahora mismo, pero no, no ahora. En el ascensor, luego, o al entrar; ya no importa dónde, si el cuándo es ahora, si puede ser en cualquier ahora de los que me quedan.

Basta ya, he escrito esto porque me importa probarle que no fui tan culpable en el destrozo insalvable de su casa. Dejaré esta carta esperándola, sería sórdido que el correo se la entregara alguna clara mañana de París. Anoche di vuelta los libros del segundo estante; alcanzaban ya a ellos, parándose o saltando, royeron los lomos para afilarse los dientes —no por hambre, tienen todo el trébol que les compro y almaceno en los cajones del escritorio—. Rompieron las cortinas, las telas de los sillones, el borde del autorretrato de Augusto Torres, llenaron de pelos la alfombra y también gritaron, estuvieron en círculo bajo la luz de la lámpara, en círculo y como adorándome y de pronto gritaban, gritaban como yo no creo que griten los conejos.

He querido en vano sacar los pelos que estropean la alfombra, alisar el borde de la tela roída, encerrarlos de nuevo en el armario. El día sube, tal vez Sara se levante pronto. Es casi extraño que no me importe Sara. Es casi extraño que no me importe verlos brincar en busca de juguetes. No tuve tanta culpa, usted verá cuando llegue que muchos de los destrozos están bien reparados con el cemento que compré en una casa inglesa, yo hice lo que pude para evitarle un enojo… En cuanto a mí, del diez al once hay como un hueco insuperable. Usted ve: diez estaba bien, con un armario, trébol y esperanza, cuántas cosas pueden construirse. No ya con once, porque decir once es seguramente doce, Andrée, doce que será trece.

Entonces está el amanecer y una fría soledad en la que caben la alegría, los recuerdos, usted y acaso tantos más. Está este balcón sobre Suipacha lleno de alba, los primeros sonidos de la ciudad. No creo que les sea difícil juntar once conejitos salpicados sobre los adoquines, tal vez ni se fijen en ellos, atareados con el otro cuerpo que conviene llevarse pronto, antes de que pasen los primeros colegiales.

Lejana

DIARIO DE ALINA REYES

12 de enero

Anoche fue otra vez, yo tan cansada de pulseras y farándulas, de *pink champagne* y la cara de Renato Viñes, oh esa cara de foca balbuceante, de retrato de Dorian Gray a lo último. Me acosté con gusto a bombón de menta, al Boogie del Banco Rojo, a mamá bostezada y cenicienta (como queda ella a la vuelta de las fiestas, cenicienta y durmiéndose, pescado enormísimo y tan no ella).

Nora que dice dormirse con luz, con bulla, entre las urgidas crónicas de su hermana a medio desvestir. Qué felices son, yo apago las luces y las manos, me desnudo a gritos de lo diurno y moviente, quiero dormir y soy una horrible campana resonando, una ola, la cadena que Rex arrastra toda la noche contra los ligustros. *Now I lay me down to sleep...* Tengo que repetir versos, o el sistema de buscar palabras con *a*, después con *a* y *e*, con las cinco vocales, con cuatro. Con dos y una consonante (ala, ola), con tres consonantes y una vocal (tras, gris) y otra vez versos, la luna bajó a la fragua con su polisón de nardos, el niño la mira mira, el niño la está mirando. Con tres y tres alternadas, cábala, laguna, animal; Ulises, ráfaga, reposo.

Así paso horas: de cuatro, de tres y dos, y más tarde palindromas. Los fáciles, salta Lenín el atlas; amigo, no gima; los más difíciles y hermosos, átale, demoníaco Caín, o me delata; Anás usó tu auto, Susana. O los preciosos anagramas: Salvador Dalí, Avida Dollars; Alina Reyes, es la reina y... Tan hermoso, éste, porque abre un camino, porque no concluye. Porque la reina y...

No, horrible. Horrible porque abre camino a ésta que no es la reina, y que otra vez odio de noche. A esa que es Alina Reyes pero no la reina del anagrama; que será cualquier cosa, mendiga en Budapest, pupila de mala casa en Jujuy o sirvienta en Quetzaltenango, cualquier lado lejos y no reina. Pero sí Alina Reyes y por eso anoche fue otra vez, sentirla y el odio.

20 de enero

A veces sé que tiene frío, que sufre, que le pegan. Puedo solamente odiarla tanto, aborrecer las manos que la tiran al suelo y también a ella, a ella todavía más porque le pegan, porque soy yo y le pegan. Ah, no me desespera tanto cuando estoy durmiendo o corto un vestido o son las horas de recibo de mamá y yo sirvo el té a la señora de Regules o al chico de los Rivas. Entonces me importa menos, es un poco cosa personal, yo conmigo; la siento más dueña de su infortunio, lejos y sola pero dueña. Que sufra, que se hiele; yo aguanto desde aquí, y creo que entonces la ayudo un poco. Como hacer vendas para un soldado que todavía no ha sido herido y sentir eso de grato, que se lo está aliviando desde antes, previsoramente.

Que sufra. Le doy un beso a la señora de Regules, el té al chico de los Rivas, y me reservo para resistir por dentro. Me digo: «Ahora estoy cruzando un puente helado, ahora la nieve me entra por los zapatos rotos». No es que sienta nada. Sé solamente que es así, que en algún lado cruzo un puente en el instante mismo (pero no sé si es en el instante mismo) en que el chico de los Rivas me acepta el té y pone su mejor cara de tarado. Y aguanto bien porque estoy sola entre esas gentes sin sentido, y no me desespera tanto. Nora se quedó anoche como tonta, dijo: «¿Pero qué te pasa?». Le pasaba a aquélla, a mí tan lejos. Algo horrible debió pasarle, le pegaban o se sentía enferma y justamente cuando Nora iba a cantar Fauré y yo en el piano, mirándolo tan feliz a Luis María acodado en la cola que le hacía como un marco, él mirándome contento con cara de perrito, esperando oír los arpegios, los dos tan cerca y tan queriéndonos. Así es peor, cuando conozco algo nuevo sobre ella y justo estoy bailando con Luis María, besándolo o solamente cerca de Luis María. Porque a mí, a la lejana, no la quieren. Es la parte que no quieren y cómo no me va a desgarrar por dentro sentir que me pegan o la nieve me entra por los zapatos cuando Luis María baila conmigo y su mano en la cintura me va subiendo como un calor a mediodía, un sabor a naranjas fuertes o tacuaras chicoteadas, y a ella le pegan y es imposible resistir y entonces tengo que decirle a Luis María que no estoy bien, que es la humedad,

humedad entre esa nieve que no siento, que no siento y me está entrando por los zapatos.

25 de enero

Claro, vino Nora a verme y fue la escena. «M'hijita, la última vez que te pido que me acompañes al piano. Hicimos un papelón.» Qué sabía yo de papelones, la acompañé como pude, me acuerdo que la oía con sordina. *Votre âme est un paysage choisi...* pero me veía las manos entre las teclas y parecía que tocaban bien, que acompañaban honestamente a Nora. Luis María también me miró las manos, el pobrecito, yo creo que era porque no se animaba a mirarme la cara. Debo ponerme tan rara.

Pobre Norita, que la acompañe otra. (Esto parece cada vez más un castigo, ahora sólo me conozco allá cuando voy a ser feliz, cuando soy feliz, cuando Nora canta Fauré me conozco allá y no queda más que el odio.)

Noche

A veces es ternura, una súbita y necesaria ternura hacia la que no es reina y anda por ahí. Me gustaría mandarle un telegrama, encomiendas, saber que sus hijos están bien o que no tiene hijos —porque yo creo que allá no tengo hijos— y necesita confortación, lástima, caramelos. Anoche me dormí confabulando mensajes, puntos

34

de reunión. Estaré jueves stop espérame puente. ¿Qué puente? Idea que vuelve como vuelve Budapest, creer en la mendiga de Budapest donde habrá tanto puente y nieve que rezuma. Entonces me enderecé rígida en la cama y casi aúllo, casi corro a despertar a mamá, a morderla para que se despertara. Nada más que por pensar. Todavía no es fácil decirlo. Nada más que por pensar que yo podría irme ahora mismo a Budapest, si realmente se me antojara. O a Jujuy, o a Quetzaltenango. (Volví a buscar estos nombres páginas atrás.) No valen, igual sería decir Tres Arroyos, Kobe, Florida al cuatrocientos. Sólo queda Budapest porque *allí* es el frío, allí me pegan y me ultrajan. Allí (lo he soñado, no es más que un sueño, pero cómo adhiere y se insinúa hacia la vigilia) hay alguien que se llama Rod —o Erod, o Rodo— y él me pega y yo lo amo, no sé si lo amo pero me dejo pegar, eso vuelve de día en día, entonces es seguro que lo amo.

Más tarde

Mentira. Soñé a Rod o lo hice con una imagen cualquiera de sueño, ya usada y a tiro. No hay Rod, a mí me han de castigar allá, pero quién sabe si es un hombre, una madre furiosa, una soledad.

Ir a buscarme. Decirle a Luis María: «Casémonos y me llevas a Budapest, a un puente donde hay nieve y alguien». Yo digo: ¿y si estoy? (Porque todo lo pienso con la secreta ventaja de no querer creerlo a fondo. ¿Y si estoy?) Bueno, si estoy... Pero solamente loca, solamente... ¡Qué luna de miel!

Pensé una cosa curiosa. Hace tres días que no me viene nada de la lejana. Tal vez ahora no le pegan, o pudo conseguir abrigo. Mandarle un telegrama, unas medias... Pensé una cosa curiosa. Llegaba a la terrible ciudad y era de tarde, tarde verdosa y ácuea como no son nunca las tardes si no se las ayuda pensándolas. Por el lado de la Dobrina Stana, en la perspectiva Skorda, caballos erizados de estalagmitas y polizontes rígidos, hogazas humeantes y flecos de viento ensoberbeciendo las ventanas. Andar por la Dobrina con paso de turista, el mapa en el bolsillo de mi sastre azul (con ese frío y dejarme el abrigo en el Burglos), hasta una plaza contra el río, casi encima del río tronante de hielos rotos y barcazas y algún martín pescador que allá se llamará sbunáia tjéno o algo peor.

Después de la plaza supuse que venía el puente. Lo pensé y no quise seguir. Era la tarde del concierto de Elsa Piaggio de Tarelli en el Odeón, me vestí sin ganas sospechando que después me esperaría el insomnio. Este pensar de noche, tan de noche... Quién sabe si no me perdería. Una inventa nombres al viajar pensando, los recuerda en el momento: Dobrina Stana, sbunáia tjéno, Burglos. Pero no sé el nombre de la plaza, es un poco como si de veras hubiese llegado a una plaza de Budapest y estuviera perdida por no saber su nombre; ahí donde un nombre es una plaza.

Ya voy, mamá. Llegaremos bien a tu Bach y a tu Brahms. Es un camino tan simple. Sin plaza, sin Burglos. Aquí nosotras, allá Elsa Piaggio. Qué triste haberme interrumpido, saber que estoy en una plaza (pero esto ya no es cierto, solamente lo pienso y eso es menos que nada). Y que al final de la plaza empieza el puente.

Noche

Empieza, sigue. Entre el final del concierto y el primer bis hallé su nombre y el camino. La plaza Vladas, el puente de los Mercados. Por la plaza Vladas seguí hasta el nacimiento del puente, un poco andando y queriendo a veces quedarme en casas o vitrinas, en chicos abrigadísimos y fuentes con altos héroes de emblanquecidas pelerinas, Tadeo Alanko y Vladislas Néroy, bebedores de tokay y cimbalistas. Yo veía saludar a Elsa Piaggio entre un Chopin y otro Chopin, pobrecita, y de mi platea se salía abiertamente a la plaza, con la entrada del puente entre vastísimas columnas. Pero esto yo lo pensaba, ojo, lo mismo que anagramar *es la reina y...* en vez de Alina Reyes, o imaginarme a mamá en casa de los Suárez y no a mi lado. Es bueno no caer en la sonsera: eso es cosa mía, nada más que dárseme la gana, la real gana. Real porque Alina, vamos —no lo otro, no el sentirla tener frío o que la maltratan—. Esto se me antoja y lo sigo por gusto, por saber adónde va, para enterarme si Luis María me lleva a Budapest, si nos casamos y le pido que me lleve a Budapest. Más fácil salir a buscar ese puente, salir en busca mía y encontrarme como ahora, porque ya he andado la mitad del puente entre gritos y aplausos, entre « ¡Albéniz!» y más aplausos y «¡La polonesa!», como si esto tuviera sentido entre la nieve arriscada que me empuja con el viento por la espalda, manos de toalla de esponja llevándome por la cintura hacia el medio del puente.

(Es más cómodo hablar en presente. Esto era a las ocho, cuando Elsa Piaggio tocaba el tercer bis, creo que Julián Aguirre o Carlos Guastavino, algo con pasto y pajaritos.) Pero me he vuelto canalla con el tiempo, ya no le tengo respeto. Me acuerdo que un día pensé: «Allá me pegan, allá la nieve me entra por los zapatos y esto lo sé en el momento, cuando me está ocurriendo allá yo lo sé al mismo tiempo. ¿Pero por qué al mismo tiempo? A lo mejor me llega tarde, a lo mejor no ha ocurrido todavía. A lo mejor le pegarán dentro de catorce años, o ya es una cruz y una cifra en el cementerio de Santa Úrsula». Y me parecía bonito, posible, tan idiota. Porque detrás de eso una siempre cae en el tiempo parejo. Si ahora ella estuviera realmente entrando en el puente, sé que lo sentiría ya mismo y desde aquí. Me acuerdo que me paré a mirar el río que estaba como mayonesa cortada, batiendo contra los pilares, enfurecidísimo y sonando y chicoteando. (Esto yo lo pensaba.) Valía asomarse al parapeto del puente y sentir en las orejas la rotura del hielo ahí abajo. Valía quedarse un poco por la vista, un poco por el miedo que me venía de adentro —o era el desabrigo, la nevisca deshecha y mi tapado en el hotel—. Y después que yo soy modesta, soy una chica sin humos, pero vengan a decirme de otra que le haya pasado lo mismo, que viaje a Hungría en pleno Odeón. Eso le da frío a cualquiera, che, aquí o en Francia.

Pero mamá me tironeaba la manga, ya casi no había gente en la platea. Escribo hasta ahí, sin ganas de seguir acordándome lo que pensé. Me va a hacer mal si sigo acordándome. Pero es cierto, cierto; pensé una cosa curiosa.

30 de enero

Pobre Luis María, qué idiota casarse conmigo. No sabe lo que se echa encima. O debajo, como dice Nora que posa de emancipada intelectual.

31 de enero

Iremos allá. Estuvo tan de acuerdo que casi grito. Sentí miedo, me pareció que él entra demasiado fácilmente en este juego. Y no sabe nada, es como el peoncito de dama que remata la partida sin sospecharlo. Peoncito Luis María, al lado de su reina. De la reina y—

7 de febrero

A curarse. No escribiré el final de lo que había pensado en el concierto. Anoche la sentí sufrir otra vez. Sé que allá me estarán pegando de nuevo. No puedo evitar saberlo, pero basta de crónica. Si me hubiese limitado a dejar constancia de eso por gusto, por desahogo... Era peor, un deseo de conocer al ir releyendo; de encontrar claves en cada palabra tirada al papel después de esas noches. Como cuando pensé la plaza, el río roto y los ruidos, y después... Pero no lo escribo, no lo escribiré ya nunca.

Ir allá y convencerme de que la soltería me dañaba, nada más que eso, tener veintisiete años y sin hombre. Ahora estará mi cachorro, mi bobo, basta de pensar y a ser, a ser al fin y para bien.

Y sin embargo, ya que cerraré este diario, porque una o se casa o escribe un diario, las dos cosas no marchan juntas —ya ahora no me gusta salirme de él sin decir esto con alegría de esperanza, con esperanza de alegría—. Vamos allá pero no ha de ser como lo pensé la noche del concierto. (Lo escribo, y basta de diario para bien mío.) En el puente la hallaré y nos miraremos. La noche del concierto yo sentía en las orejas la rotura del hielo ahí abajo. Y será la victoria de la reina sobre esa adherencia maligna, esa usurpación indebida y sorda. Se doblegará si realmente soy yo, se sumará a mi zona iluminada, más bella y cierta; con sólo ir a su lado y apoyarle una mano en el hombro.

Alina Reyes de Aráoz y su esposo llegaron a Budapest el 6 de abril y se alojaron en el Ritz. Eso era dos meses antes de su divorcio. En la tarde del segundo día Alina salió a conocer la ciudad y el deshielo. Como le gustaba caminar sola —era rápida y curiosa— anduvo por veinte lados buscando vagamente algo, pero sin proponérselo demasiado, dejando que el deseo escogiera y se expresara con bruscos arranques que la llevaban de una vidriera a otra, cambiando aceras y escaparates.

Llegó al puente y lo cruzó hasta el centro, andando ahora con trabajo porque la nieve se oponía y del Danubio crece un viento de abajo, difícil, que engancha y hostiga. Sentía cómo la pollera se le pegaba a los muslos (no estaba bien abrigada) y de pronto un deseo de dar vuelta, de volverse a la ciudad conocida. En el centro del puente desolado la harapienta mujer de pelo negro y lacio esperaba con algo fijo y ávido en la cara sinuosa, en el pliegue de las manos un poco cerradas pero ya tendiéndose. Alina estuvo junto a ella repitiendo, ahora lo sabía, gestos y distancias como después de un ensayo general. Sin temor, liberándose al fin —lo creía con un salto terrible de júbilo y frío—, estuvo junto a ella y alargó también las manos, negándose a pensar, y la mujer del puente se apretó contra su pecho y las dos se abrazaron rígidas y calladas en el puente, con el río trizado golpeando en los pilares.

A Alina le dolió el cierre de la cartera que la fuerza del abrazo le clavaba entre los senos con una laceración dulce, sostenible. Ceñía a la mujer delgadísima, sintiéndola entera y absoluta dentro de su abrazo, con un crecer de felicidad igual a un himno, a un soltarse de palomas, al río cantando. Cerró los ojos en la fusión total, rehuyendo las sensaciones de fuera, la luz crepuscular; repentinamente tan cansada, pero segura de su victoria, sin celebrarlo por tan suyo y por fin.

Le pareció que dulcemente una de las dos lloraba. Debía ser ella porque sintió mojadas las mejillas, y el pómulo mismo doliéndole como si tuviera allí un golpe. También el cuello, y de pronto los hombros, agobiados por fatigas incontables. Al abrir los ojos (tal vez gritaba ya) vio que se habían separado. Ahora sí gritó. De frío, porque la nieve le estaba entrando por los zapatos rotos, porque yéndose camino de la plaza iba Alina Reyes lindísima en su sastre gris, el pelo un poco suelto contra el viento, sin dar vuelta la cara y yéndose.

Ómnibus

—Si le viene bien, tráigame *El Hogar* cuando vuelva —pidió la señora Roberta, reclinándose en el sillón para la siesta. Clara ordenaba las medicinas en la mesita de ruedas, recorría la habitación con una mirada precisa. No faltaba nada, la niña Matilde se quedaría cuidando a la señora Roberta, la mucama estaba al corriente de lo necesario. Ahora podía salir, con toda la tarde del sábado para ella sola, su amiga Ana esperándola para charlar, el té dulcísimo a las cinco y media, la radio y los chocolates.

A las dos, cuando la ola de los empleados termina de romper en los umbrales de tanta casa, Villa del Parque se pone desierta y luminosa. Por Tinogasta y Zamudio bajó Clara taconeando distintamente, saboreando un sol de noviembre roto por islas de sombra que le tiraban a su paso los árboles de Agronomía. En la esquina de Avenida San Martín y Nogoyá, mientras esperaba el ómnibus 168, oyó una batalla de gorriones sobre su cabeza, y la torre florentina de San Juan María Vianney le pareció más roja contra el cielo sin nubes, alto hasta dar vértigo. Pasó don Luis, el relojero, y la saludó apreciativo, como si alabara su figura prolija, los zapatos que la hacían más esbelta, su cuellito blanco sobre la blusa crema. Por la calle vacía vino remolonamente el 168, soltando su seco bufido insatisfecho al abrirse la puerta para Clara, sola pasajera en la esquina callada de la tarde.

Buscando las monedas en el bolso lleno de cosas, se demoró en pagar el boleto. El guarda esperaba con cara de pocos amigos, retacón y compadre sobre sus piernas combadas, canchero para aguantar los virajes y las frenadas. Dos veces le dijo Clara: «De quince», sin que el tipo le sacara los ojos de encima, como extrañado de algo. Después le dio el boleto rosado, y Clara se acordó de un verso de infancia, algo como: «Marca, marca, boletero, un boleto azul o rosa; canta, canta alguna cosa, mientras cuentas el dinero». Sonriendo para ella buscó asiento hacia el fondo, halló vacío el que correspondía a *Puerta de Emergencia*, y se instaló con el menudo placer de propietario que siempre da el lado de la ventanilla. Entonces vio que el guarda la seguía mirando. Y en la esquina del puente de avenida San Martín, antes de virar, el conductor se dio vuelta y también la miró, con trabajo por la distancia pero buscando hasta distinguirla muy hundida en su asiento. Era un rubio huesudo con cara de hambre, que cambió unas palabras con el guarda, los dos miraron a Clara, se miraron entre ellos, el ómnibus dio un salto y se metió por Chorroarín a toda carrera.

«Par de estúpidos», pensó Clara entre halagada y nerviosa. Ocupada en guardar su boleto en el monedero, observó de reojo a la señora del gran ramo de claveles que viajaba en el asiento de adelante. Entonces la señora la miró a ella, por sobre el ramo se dio vuelta y la miró dulcemente como una vaca sobre un cerco, y Clara sacó el espejito y estuvo en seguida absorta en el estudio de sus labios y sus cejas. Sentía ya en la nuca una impresión desagradable; la sospecha de otra impertinencia la hizo darse vuelta con rapidez, enojada de veras. A dos centímetros de su cara estaban los ojos de un viejo de cuello duro, con un ramo de margaritas componiendo un olor casi nauseabundo. En el fondo del ómnibus, instalados en el largo asiento verde, todos los pasajeros miraron hacia Clara, parecían criticar alguna cosa en Clara que sostuvo sus miradas con un esfuerzo creciente, sintiendo que cada vez era más difícil, no por la coincidencia de los ojos en ella ni por los ramos que llevaban los pasajeros; más bien porque había esperado un desenlace amable, una razón de risa como tener un tizne en la nariz (pero no lo tenía); y sobre su comienzo de risa se posaban helándola esas miradas atentas y continuas, como si los ramos la estuvieran mirando.

Súbitamente inquieta, dejó resbalar un poco el cuerpo, fijó los ojos en el estropeado respaldo delantero, examinando la palanca de la puerta de emergencia y su inscripción *Para abrir la puerta* TIRE LA MANIJA *hacia adentro y levántese*, considerando las letras una a una sin alcanzar a reunirlas en palabras. Lograba así una zona de seguridad, una tregua donde pensar. Es natural que los pasajeros miren al que recién asciende, está bien que la gente lleve ramos si va a Chacarita, y está casi bien que todos en el ómnibus tengan ramos. Pasaban delante del hospital Alvear, y del lado de Clara se tendían los baldíos en cuyo extremo lejano se levanta la Estrella, zona de charcos sucios, caballos amarillos con pedazos de soga colgándoles del pescuezo. A Clara le costaba apartarse de un paisaje que el brillo duro del sol no alcanzaba a alegrar, y apenas si una vez y otra se atrevía a dirigir una ojeada rápida al interior del coche. Rosas rojas y calas, más lejos gladiolos horribles, como machucados y sucios, color rosa viejo con manchas lívidas. El señor de la tercera ventanilla (la estaba mirando, ahora no, ahora de nuevo) llevaba claveles casi negros apretados en una sola masa continua, como una piel rugosa. Las dos muchachitas de nariz cruel que se sentaban adelante en uno de los asientos laterales sostenían entre ambas el ramo de los pobres, crisantemos y dalias, pero ellas no eran pobres, iban vestidas con saquitos bien cortados, faldas tableadas, medias blancas tres cuartos, y miraban a Clara con altanería. Quiso hacerles bajar los ojos, mocosas insolentes, pero eran cuatro pupilas fijas y también el guarda, el señor de los claveles, el calor en la nuca por toda esa gente de atrás, el viejo del cuello duro tan cerca, los jóvenes del asiento posterior, la Paternal: boletos de Cuenca terminan.

Nadie bajaba. El hombre ascendió ágilmente, enfrentando al guarda que lo esperaba a medio coche mirándole las manos. El hombre tenía veinte centavos en la derecha y con la otra se alisaba el saco. Esperó, ajeno al escrutinio: «De quince», oyó Clara. Como ella: de quince. Pero el guarda no cortaba el boleto, seguía mirando al hombre que al final se dio cuenta y le hizo un gesto de impaciencia cordial: «Le dije de quince». Tomó el boleto y esperó el vuelto. Antes de recibirlo, ya se había deslizado livianamente en un asiento vacío al lado del señor de los claveles. El guarda le dio los cinco centavos, lo miró otro poco, desde arriba, como si le examinara la cabeza; él ni se daba cuenta, absorto en la contemplación de los negros claveles. El señor lo observaba, una o dos veces lo miró rápido y él se puso a devolverle la mirada; los dos movían la cabeza casi a la vez, pero sin provocación, nada más que mirándose. Clara seguía furiosa con las chicas de adelante, que la miraban un rato largo y después al nuevo pasajero; hubo un momento, cuando el 168 empezaba su carrera pegado al paredón de Chacarita, en que todos los pasajeros estaban mirando al hombre y también a Clara, sólo que ya no la miraban directamente porque les interesaba más el recién llegado, pero era como si la incluyeran en su mirada, unieran a los dos en la misma observación. Qué cosa estúpida esa gente, porque hasta las mocosas no eran tan chicas, cada uno con su ramo y ocupaciones por delante, y portándose con esa grosería. Le hubiera gustado prevenir al otro pasajero, una oscura fraternidad sin razones crecía en Clara. Decirle: «Usted y yo sacamos boleto de quince», como si eso los acercara. Tocarle el brazo, aconsejarle: «No se dé por aludido, son unos impertinentes, metidos ahí detrás de las flores como zonzos». Le hubiera gustado que él viniera a sentarse a su lado, pero el muchacho —en realidad era joven, aunque tenía marcas duras en la cara— se había dejado caer en el primer asiento libre que tuvo a su alcance. Con un gesto entre divertido y azorado se empeñaba en devolver la mirada del guarda, de las dos chicas, de la señora con los gladiolos; y ahora el señor de los claveles rojos tenía vuelta la cabeza hacia atrás y miraba a Clara, la miraba inexpresivamente, con una blandura opaca y flotante de piedra pómez. Clara le respondía obstinada, sintiéndose como hueca; le venían ganas de bajarse (pero esa calle, a esa altura, y total por nada, por no tener un ramo); notó que el muchacho parecía inquieto, miraba a un lado y al otro, después hacia atrás, y se quedaba sorprendido al ver a los cuatro pasajeros del asiento posterior y al anciano del cuello duro con las margaritas. Sus ojos pasaron por el rostro de Clara, deteniéndose un segundo en su boca, en su mentón; de adelante tiraban las miradas del guarda y las dos chiquilinas, de la señora de los gladiolos, hasta que el muchacho se dio vuelta para mirarlos como aflojando. Clara midió su acoso de minutos antes por el que ahora inquietaba al pasajero. «Y el pobre con las manos vacías», pensó absurdamente. Le encontraba algo de indefenso, solo con sus ojos para parar aquel fuego frío cayéndole de todas partes.

Sin detenerse el 168 entró en las dos curvas que dan acceso a la explanada frente al peristilo del cementerio. Las muchachitas vinieron por el pasillo y se instalaron en la puerta de salida; detrás se alinearon las margaritas, los gladiolos, las calas. Atrás había un grupo confuso y las flores olían para Clara, quietita en su ventanilla pero tan aliviada al ver cuántos se bajaban, lo bien que se viajaría en el otro tramo. Los claveles negros aparecieron en lo alto, el pasajero se había parado para dejar salir a los claveles negros, y quedó ladeado, metido a medias en un asiento vacío delante del de Clara. Era un lindo muchacho, sencillo y franco, tal vez un dependiente de farmacia, o un tenedor de libros, o un constructor. El ómnibus se detuvo suavemente, y la puerta hizo un bufido al abrirse. El muchacho esperó que bajara la gente para elegir a gusto un asiento, mientras Clara participaba de su paciente espera y urgía con el deseo a los gladiolos y a las rosas para que bajasen de una vez. Ya la puerta abierta y todos en fila, mirándola y mirando al pasajero, sin bajar, mirándolos entre los ramos que se agitaban como si hubiera viento, un viento de debajo de la tierra que moviera las raíces de las plantas y agitara en bloque los ramos. Salieron las calas, los claveles rojos, los hombres de atrás con sus ramos, las dos chicas, el viejo de las margaritas. Quedaron ellos dos solos y el 168 pareció de golpe más pequeño, más gris, más bonito. Clara encontró bien y casi necesario que el pasajero se sentara a su lado, aunque tenía todo el ómnibus para elegir. Él se sentó y los dos bajaron la cabeza y se miraron las manos. Estaban ahí, eran simplemente manos; nada más.

—¡Chacarita!— gritó el guarda.

Clara y el pasajero contestaron su urgida mirada con una simple fórmula: «Tenemos boletos de quince». La pensaron tan sólo, y era suficiente.

La puerta seguía abierta. El guarda se les acercó.

—Chacarita— dijo, casi explicativamente.

El pasajero ni lo miraba, pero Clara le tuvo lástima.

—Voy a Retiro— dijo, y le mostró el boleto. Marca, marca, boletero, un boleto azul o rosa. El conductor estaba casi salido del asiento, mirándolos; el guarda se volvió indeciso, hizo una seña. Bufó la puerta trasera (nadie había subido adelante) y el 168 tomó velocidad con bandazos coléricos, liviano y suelto en una carrera que puso plomo en el estómago de Clara. Al lado del conductor, el guarda se tenía ahora del barrote cromado y los miraba profundamente. Ellos le devolvían la mirada, se estuvieron así hasta la curva de entrada a Dorrego. Después Clara sintió que el muchacho posaba despacio una mano en la suya, como aprovechando que no podían verlo desde adelante. Era una mano suave, muy tibia, y ella no retiró la suya pero la fue moviendo despacio hasta llevarla más al extremo del muslo, casi sobre la rodilla. Un viento de velocidad envolvía al ómnibus en plena marcha.

—Tanta gente —dijo él, casi sin voz—. Y de golpe se bajan todos.

—Llevaban flores a la Chacarita —dijo Clara—. Los sábados va mucha gente a los cementerios.

—Sí, pero…

—Un poco raro era, sí. ¿Usted se fijó…?

—Sí —dijo él, casi cerrándole el paso—. Y a usted le pasó igual, me di cuenta.

—Es raro. Pero ahora ya no sube nadie.

El coche frenó brutalmente, barrera del Central Argentino. Se dejaron ir hacia adelante, aliviados por el salto a una sorpresa, a un sacudón. El coche temblaba como un cuerpo enorme.

—Yo voy a Retiro— dijo Clara.

—Yo también.

El guarda no se había movido, ahora hablaba iracundo con el conductor. Vieron (sin querer reconocer que estaban atentos a la escena) cómo el conductor abandonaba su asiento y venía por el pasillo hacia ellos, con el guarda copiándole los pasos. Clara notó que los dos miraban al muchacho y que éste se ponía rígido, como reuniendo fuerzas; le temblaron las piernas, el hombro que se apoyaba en el suyo. Entonces aulló horriblemente una locomotora a toda carrera, un humo negro cubrió el sol. El fragor del rápido tapaba las palabras que debía estar diciendo el conductor; a dos asientos del de ellos se detuvo, agachándose como quien va a saltar. El guarda lo contuvo prendiéndole una mano en el hombro, le señaló imperioso las barreras que ya se alzaban mientras el último vagón pasaba con un estrépito de hierros. El conductor apretó los labios y se volvió corriendo a su puesto; con un salto de rabia el 168 encaró las vías, la pendiente opuesta.

El muchacho aflojó el cuerpo y se dejó resbalar suavemente.

—Nunca me pasó una cosa así— dijo, como hablándose.

Clara quería llorar. Y el llanto esperaba ahí, disponible pero inútil. Sin siquiera pensarlo tenía conciencia de que todo estaba bien, que viajaba en un 168 vacío aparte de otro pasajero, y que toda protesta contra ese orden podía resolverse tirando de la campanilla y descendiendo en la primera esquina. Pero todo estaba bien así; lo único que sobraba era la idea de bajarse, de apartar esa mano que de nuevo había apretado la suya.

—Tengo miedo —dijo, sencillamente—. Si por lo menos me hubiera puesto unas violetas en la blusa.

Él la miró, miró su blusa lisa.

—A mí a veces me gusta llevar un jazmín del país en la solapa —dijo—. Hoy salí apurado y ni me fijé.

—Qué lástima. Pero en realidad nosotros vamos a Retiro.

—Seguro, vamos a Retiro.

Era un diálogo, un diálogo. Cuidar de él, alimentarlo.

—¿No se podría levantar un poco la ventanilla? Me ahogo aquí adentro.

Él la miró sorprendido, porque más bien sentía frío. El guarda los observaba de reojo, hablando con el conductor; el 168 no había vuelto a detenerse después de la barrera y daban ya la vuelta en Cánning y Santa Fe.

—Este asiento tiene ventanilla fija —dijo él—. Usted ve que es el único asiento del coche que viene así, por la puerta de emergencia.

—Ah— dijo Clara.

—Nos podríamos pasar a otro.

—No, no. —le apretó los dedos, deteniendo su movimiento de levantarse—. Cuanto menos nos movamos mejor.

—Bueno, pero podríamos levantar la ventanilla de adelante.

—No, por favor no.

Él esperó, pensando que Clara iba a agregar algo, pero ella se hizo más pequeña en el asiento. Ahora lo miraba de lleno para escapar a la atracción de allá adelante, de esa cólera que les llegaba como un silencio o un calor. El pasajero puso la otra mano sobre la rodilla de Clara, y ella acercó la suya y ambos se comunicaron oscuramente por los dedos, por el tibio acariciarse de las palmas.

—A veces una es tan descuidada —dijo tímidamente Clara—. Cree que lleva todo, y siempre olvida algo.

—Es que no sabíamos.

—Bueno, pero lo mismo. Me miraban sobre todo esas chicas, y me sentí tan mal.

—Eran insoportables —protestó él—. ¿Usted vio cómo se habían puesto de acuerdo para clavarnos los ojos?

—Al fin y al cabo, el ramo era de crisantemos y dalias —dijo Clara—. Pero presumían lo mismo.

—Porque los otros les daban alas —afirmó él con irritación—. El viejo de mi asiento con sus claveles apelmazados, con esa cara de pájaro. A los que no vi bien fue a los de atrás. ¿Usted cree que todos...?

—Todos —dijo Clara—. Los vi apenas había subido. Yo subí en Nogoyá y avenida San Martín, y casi en seguida me di vuelta y vi que todos, todos...

—Menos mal que se bajaron.

Pueyrredón, frenada en seco. Un policía moreno se abría en cruz acusándose de algo en su alto quiosco. El conductor salió del asiento como deslizándose, el guarda quiso sujetarlo de la manga, pero se soltó con violencia y vino por el pasillo, mirándolos alternadamente, encogido y con los labios húmedos parpadeando. «¡Ahí da paso!», gritó el guarda con una voz rara. Diez bocinas ladraban en la cola del ómnibus, y el conductor corrió afligido a su asiento. El guarda le habló al oído, dándose vuelta a cada momento para mirarlos.

—Si no estuviera usted... —murmuró Clara—. Yo creo que si no estuviera usted me habría animado a bajarme.

—Pero usted va a Retiro— dijo él, con alguna sorpresa.

—Sí, tengo que hacer una visita. No importa, me hubiera bajado igual.

—Yo saqué boleto de quince —dijo él—. Hasta Retiro.

—Yo también. Lo malo es que si una se baja, después hasta que viene otro coche...

—Claro, y además a lo mejor está completo.

—A lo mejor. Se viaja tan mal, ahora. ¿Usted ha visto los subtes?

—Algo increíble. Cansa más el viaje que el empleo.

Un aire verde y claro flotaba en el coche, vieron el rosa viejo del Museo, la nueva Facultad de Derecho, y el 168 aceleró todavía más en Leandro N. Alem, como rabioso por llegar. Dos veces lo detuvo algún policía de tráfico, y dos veces quiso el conductor tirarse contra ellos; a la segunda, el guarda se le puso por delante, negándose con rabia, como si le doliera. Clara sentía subírsele las rodillas hasta el pecho, y las manos de su compañero la desertaron bruscamente y se cubrieron de huesos salientes, de venas rígidas. Clara no había visto jamás el paso viril de la mano al puño, contempló esos objetos macizos con una humilde confianza casi perdida bajo el terror. Y hablaban todo el tiempo de los viajes, de las colas que hay que hacer en Plaza de Mayo, de la grosería de la gente, de la paciencia. Después callaron, mirando el paredón ferroviario, y su compañero sacó la billetera, la estuvo revisando muy serio, temblándole un poco los dedos.

—Falta apenas —dijo Clara, enderezándose—. Ya llegamos.

—Sí. Mire, cuando doble en Retiro, nos levantamos rápido para bajar.

—Bueno. Cuando esté al lado de la plaza.

—Eso es. La parada queda más acá de la torre de los Ingleses. Usted baja primero.

—Oh, es lo mismo.

—No, yo me quedaré atrás por cualquier cosa. Apenas doblemos yo me paro y le doy paso. Usted tiene que levantarse rápido y bajar un escalón de la puerta; entonces yo me pongo atrás.

—Bueno, gracias— dijo Clara mirándolo emocionada, y se concentraron en el plan, estudiando la ubicación de sus piernas, los espacios a cubrir. Vieron que el 168 tendría paso libre en la esquina de la plaza; temblándole los vidrios y a punto de embestir el cordón de la plaza, tomó el viraje a toda carrera. El pasajero saltó del asiento hacia adelante, y detrás de él pasó veloz Clara, tirándose escalón abajo mientras él se volvía y la ocultaba con su cuerpo. Clara miraba la puerta, las tiras de goma negra y los rectángulos de sucio vidrio; no quería ver otra cosa y temblaba horriblemente. Sintió en el pelo el jadeo de su compañero, los arrojó a un lado la frenada brutal, y en el mismo momento en que la puerta se abría el conductor corrió por el pasillo con las manos tendidas. Clara saltaba ya a la plaza, y cuando se volvió su compañero saltaba también y la puerta bufó al cerrarse. Las gomas negras apresaron una mano del conductor, sus dedos rígidos y blancos. Clara vio a través de las ventanillas que el guarda se había echado sobre el volante para alcanzar la palanca que cerraba la puerta.

Él la tomó del brazo y caminaron rápidamente por la plaza llena de chicos y vendedores de helados. No se dijeron nada, pero temblaban como de felicidad y sin mirarse. Clara se dejaba guiar, notando vagamente el césped, los canteros, oliendo un aire de río que crecía de frente. El florista estaba a un lado de la plaza, y él fue a pararse ante el canasto montado en caballetes y eligió dos ramos de pensamientos. Alcanzó uno a Clara, después le hizo tener los dos mientras sacaba la billetera y pagaba. Pero cuando siguieron andando (él no volvió a tomarla del brazo) cada uno llevaba su ramo, cada uno iba con el suyo y estaba contento.

Cefalea

Debemos a la doctora Margaret L. Tyler las imágenes más hermosas del presente relato. Su admirable poema, *Síntomas orientadores hacia los remedios más comunes del vértigo y cefaleas,* apareció en la revista *Homeopatía* (publicada por la Asociación Médica Homeopática Argentina), año XIV, n. 32, abril de 1946, p 33 y ss.

Asimismo agradecemos a Ireneo Fernando Cruz el habernos iniciado, durante un viaje a San Juan, en el conocimiento de las mancuspias.

Cuidamos las mancuspias hasta bastante tarde, ahora con el calor del verano se llenan de caprichos y versatilidades, las más atrasadas reclaman alimentación especial y les llevamos avena malteada en grandes fuentes de loza; las mayores están mudando el pelaje del lomo, de manera que es preciso ponerlas aparte, atarles una manta de abrigo y cuidar que no se junten de noche con las mancuspias que duermen en jaulas y reciben alimento cada ocho horas.

No nos sentimos bien. Esto viene desde la mañana, tal vez por el viento caliente que soplaba al amanecer, antes de que naciera este sol alquitranado que dio en la casa todo el día. Nos cuesta atender a los animales enfermos —esto se hace a las once— y revisar las crías después de la siesta. Nos parece cada vez más penoso andar, seguir la rutina; sospechamos que una sola noche de desatención sería funesta para las mancuspias, la ruina irreparable de nuestra vida. Andamos entonces sin reflexionar, cumpliendo uno tras otro los actos que el hábito escalona, deteniéndonos apenas para comer (hay trozos de pan en la mesa y sobre la repisa del living) o mirarnos en el espejo que duplica el dormitorio. De noche caemos repentinamente en la cama, y la tendencia a cepillarnos los dientes antes de dormir cede a la fatiga, alcanza apenas a sustituirse por un gesto hacia la lámpara o los remedios. Afuera se oye andar y andar en círculo a las mancuspias adultas.

No nos sentimos bien. Uno de nosotros es *Aconitum*, es decir que debe medicamentarse con aconitum en diluciones altas si, por ejemplo, el miedo le ocasiona vértigo. *Aconitum es una violenta tormenta, que pasa pronto*. De qué otro modo describir el contraataque a una ansiedad que nace de cualquier insignificancia, de la nada. Una mujer se enfrenta repentinamente con un perro y comienza a sentirse violentamente mareada. Entonces aconitum, y al poco rato sólo queda un mareo dulce, con tendencia a marchar hacia atrás (esto nos ocurrió, pero era un caso *Bryonia*, lo mismo que sentir que nos hundíamos con, o a través de la cama).

El otro, en cambio, es marcadamente *Nux Vomica*. Después de llevar la avena malteada a las mancuspias, tal vez por agacharse demasiado al llenar la escudilla, siente de golpe como si le girara el cerebro, no que todo gire en torno —el vértigo en sí— sino que la visión es la que gira, dentro de él la conciencia gira como un giróscopo en su aro, y afuera todo está tremendamente inmóvil, sólo que huyendo e inasible. Hemos pensado si no será más bien un cuadro de *Phosphorus*, porque además le aterra el perfume de las flores (o el de las mancuspias pequeñas, que huelen débilmente a lila) y coincide físicamente con el cuadro fosfórico: es alto, delgado, anhela bebidas frías, helados y sal.

De noche no es tanto, nos ayudan la fatiga y el silencio —porque el rondar de las mancuspias escande dulcemente este silencio de la pampa— y a veces dormimos hasta el amanecer y nos despierta un esperanzado sentimiento de mejoría. Si uno de nosotros salta de la cama antes que el otro, puede ocurrir con todo que asistamos consternados a la repetición de un fenómeno *Camphora monobromata*, pues cree que marcha en una dirección cuando en realidad lo está haciendo en la opuesta. Es terrible, vamos con toda seguridad hacia el baño, y de improviso sentimos en la cara la piel desnuda del espejo alto. Casi siempre lo tomamos a broma, porque hay que pensar en el trabajo que espera y de nada serviría desanimarnos tan pronto. Se buscan los glóbulos, se cumplen sin comentarios ni desalientos las instrucciones del doctor Harbín. (Tal vez en secreto seamos un poco *Natrum muriaticum*. Típicamente, un natrum llora, pero nadie debe observarlo. Es triste, es reservado; le gusta la sal.)

¿Quién puede pensar en tantas vanidades si la tarea espera en los corrales, en el invernadero y en el tambo?

Ya andan Leonor y el Chango alborotando afuera, y cuando salimos con los termómetros y las bateas para el baño, los dos se precipitan al trabajo como queriendo cansarse pronto, organizando su haraganeo de la tarde. Lo sabemos muy bien, por eso nos alegra tener salud para cumplir nosotros mismos con cada cosa. Mientras no pase de esto y no aparezcan las cefaleas, podemos seguir. Ahora es febrero, en mayo estarán vendidas las mancuspias y nosotros a salvo por todo el invierno. Se puede continuar todavía.

Las mancuspias nos entretienen mucho, en parte porque están llenas de sagacidad y malevolencia, en parte porque su cría es un trabajo sutil, necesitado de una precisión incesante y minuciosa. No tenemos por qué abundar, pero esto es un ejemplo: uno de nosotros saca las mancuspias madres de las jaulas de invernadero —son las 6.30 a.m.— y las reúne en el corral de pastos secos. Las deja retozar veinte minutos, mientras el otro retira los pichones de las casillas numeradas donde cada uno tiene su historia clínica, verifica rápidamente la temperatura rectal, devuelve a su casilla los que exceden los 37 °C, y por una manga de hojalata trae el resto a reunirse con sus madres para la lactancia. Tal vez sea éste el momento más hermoso de la mañana, nos conmueve el alborozo de las pequeñas mancuspias y sus madres, su rumoroso parloteo sostenido. Apoyados en la baranda del corral olvidamos la figura del mediodía que se acerca, de la dura tarde inaplazable. Por momentos tenemos un poco de miedo a mirar hacia el suelo del corral —un cuadro *Onosmodium* marcadísimo—, pero pasa y la luz nos salva del síntoma complementario, de la cefalea que se agrava con la oscuridad.

A las ocho es hora del baño, uno de nosotros va echando puñados de sales Krüschen y afrecho en las bateas, la otra dirige al Chango que trae cubos de agua tibia. A las mancuspias madres no les agrada el baño, hay que tomarlas con cuidado de las orejas y las patas, sujetándolas como conejos, y sumergirlas muchas veces en la batea. Las mancuspias se desesperan y erizan, eso es lo que queremos para que las sales penetren hasta la piel tan delicada.

A Leonor le toca dar de comer a las madres, y lo hace muy bien; nunca vimos que errara en la distribución de porciones. Se les da avena malteada, y dos veces por semana leche con vino blanco. Desconfiamos un poco del Chango, nos parece que se bebe el vino, sería mejor guardar la bordalesa adentro, pero la casa es chica y luego ese olor dulzón que rezuma en las horas de sol alto.

Tal vez esto que decimos fuera monótono e inútil si no estuviese cambiando lentamente dentro de su repetición; en los últimos días —ahora que entramos en el período crítico del destete— uno de nosotros ha debido reconocer, con qué amargo asentimiento, el avance de un cuadro *Silica*. Empieza en el momento mismo en que nos domina el sueño, es un perder la estabilidad, un salto adentro, un vértigo que trepa por la columna vertebral hacia el interior de la cabeza; como el mismo trepar reptante (no hay otra descripción) de las pequeñas mancuspias por los postes de los corrales. Entonces, de repente, sobre el pozo negro del sueño donde ya caíamos deliciosamente, somos ese poste duro y ácido al que trepan jugando las mancuspias. Y es peor cerrando los ojos. Así se va el sueño, nadie duerme con ojos abiertos, nos morimos de cansancio pero basta un leve abandono para sentir el vértigo que repta, un vaivén en el cráneo, como si la cabeza estuviera llena de cosas vivas que giran a su alrededor. Como mancuspias.

Y es tan ridículo, se ha probado que a los enfermos *silica* les falta sílice, arena. Y nosotros aquí, rodeados de médanos, en un pequeño valle amenazado de médanos inmensos, faltándonos arena cuando íbamos a dormirnos.

Contra la probabilidad de que esto avance, hemos preferido perder algún tiempo dosificándonos severamente; advertimos a las doce horas que la reacción es favorable, y la tarde de trabajo sucede sin obstáculos, apenas, quizás, un leve desacomodo de las cosas, de pronto como si los objetos se pararan delante nuestro, irguiéndose sin moverse; una sensación de arista viva en cada plano. Sospechamos un viraje a *Dulcamara*, pero no es fácil estar seguros.

En el aire flotan leves las pelusas de las mancuspias adultas, después de la siesta vamos con tijeras y unas bolsas de caucho al corral alambrado donde el Chango las reúne para la esquila. Ya en febrero hace fresco de noche, las mancuspias necesitan el pelo porque duermen estiradas y carecen de la protección que se dan a sí mismos los animales que se ovillan replegando las patas. Sin embargo, pierden el pelo del lomo, pelechan despacio y a pleno aire, el viento alza del corral una fina niebla de pelos que cosquillean en la nariz y nos hostigan hasta dentro de la casa. Entonces reunimos a las mancuspias y les tusamos el lomo a media altura, cuidando no privarlas de calor; cuando cae ese pelo, demasiado corto para flotar en el aire, va formando un polvillo amarillento que Leonor moja con la manguera y junta diariamente en una bola de pasta que se tira al pozo.

Uno de nosotros tiene entre tanto que aparear los machos con las mancuspias jóvenes, pesar los pichones mientras el Chango lee en voz alta los pesos del día anterior, verificar el adelanto de cada mancuspia y apartar a las atrasadas para someterlas a la sobrealimentación. Esto nos lleva hasta al anochecer; sólo falta la avena de la segunda comida que Leonor reparte en un momento, y encerrar a las mancuspias madres mientras las pequeñas chillan y se obstinan en seguir a su lado. Es el Chango quien se ocupa del aparte, ya nosotros estamos en la veranda controlando. A las ocho se cierran las puertas y ventanas; a las ocho nos quedamos solos adentro.

Antes era un momento dulce, el recuento de episodios y de esperanzas. Pero desde que no nos sentimos bien parece como si esta hora fuese más pesada. Vanamente nos engañamos con el arreglo del botiquín —es frecuente que el orden alfabético de los remedios se altere por descuido—; siempre al final nos vamos quedando callados en la mesa, leyendo el manual de Álvarez de Toledo (*Estúdiate a ti mismo*) o el de Humphreys (*Mentor Homeopático*). Uno de nosotros ha tenido con intermitencias una fase *Pulsatilla*, vale decir que tiende a mostrarse voluble, llorona, exigente, irritable. Esto aflora al anochecer, y coincide con el cuadro *Petroleum* que afecta al otro, un estado en el que todo —cosas, voces, recuerdos— pasa por encima de él, entumeciéndolo y envarándolo. Así es que no hay choque, apenas un sufrir paralelo y tolerable. Después, a veces, viene el sueño.

Tampoco quisiéramos poner en estas notas un énfasis progresivo, un crecer articulándose hasta el estallido patético de la gran orquesta, tras la cual decrecen las voces y se reingresa a una calma de hartazgo. A veces estas cosas que inscribimos ya nos han ocurrido (como la gran cefalea *Glonoinum* el día en que nació la segunda camada de mancuspias), a veces es ahora o por la mañana. Creemos necesario documentar estas fases para que el doctor Harbín las agregue a nuestra historia clínica cuando volvamos a Buenos Aires. No somos hábiles, sabemos que de pronto nos salimos del tema, pero el doctor Harbín prefiere conocer los detalles circundantes de los cuadros. Ese roce contra la ventana del baño que oímos de noche puede ser importante. Puede ser un síntoma *Cannabis indica;* ya se sabe que un cannabis indica tiene sensaciones exaltadas, con exageración de tiempo y distancia. Puede ser una mancuspia que se ha escapado y viene como todas a la luz.

Al principio éramos optimistas, todavía no hemos perdido la esperanza de ganar una buena suma con la venta de las crías jóvenes. Nos levantamos temprano, midiendo el creciente valor del tiempo en la fase final, y al principio casi no nos afecta la fuga del Chango y Leonor. Sin preaviso, sin cumplir para nada el estatuto, se nos han ido anoche los muy hijos de puta, llevándose el caballo y el sulky, la manta de una de nosotros, el farol a carburo, el último número de *Mundo Argentino.* Por el silencio en los corrales sospechamos su ausencia, hay que apurarse a soltar las crías para la lactancia, preparar los baños, la avena malteada. Todo el tiempo pensamos que no se debe pensar en lo ocurrido, trabajamos sin admitir que ahora estamos solos, sin caballo para salvar las seis leguas hasta Puán, con provisiones para una semana, y rondados por linyeras inútiles ahora que en las otras poblaciones se ha difundido el rumor estúpido de que criamos mancuspias y nadie se arrima por miedo a enfermedades. Sólo trabajando y con salud podemos tolerar una conjuración que nos agobia hacia mediodía, en el alto del almuerzo (una de nosotros prepara bruscamente una lata de lenguas y otra de arvejas, fríe jamón con huevos), que rechaza la idea de no dormir la siesta, nos encierra en la sombra del dormitorio con más dureza que las puertas a doble cerrojo. Recién ahora recordamos con claridad el mal dormir de la noche, ese vértigo curioso, transparente, si se nos permite inventar esta expresión. Al despertar, al levantarnos, mirando hacia adelante, cualquier objeto —pongamos, por ejemplo, el ropero— es visto rotando a velocidad variable y desviándose en forma inconstante hacia un costado (lado derecho); mientras al mismo tiempo, a través del remolino, se observa el mismo ropero parado firmemente y sin moverse. No hay que pensar mucho para distinguir allí un cuadro *Cyclamen,* de modo que el tratamiento actúa en pocos minutos y nos equilibra para la marcha y el trabajo. Mucho peor es advertir en plena siesta (cuando las cosas son tan ellas mismas, cuando el sol las repliega duramente en sus aristas) que en el corral de las mancuspias grandes hay agitación y parloteo, una renuncia súbita e inquietante al reposo que las engorda. No queremos salir, el sol alto sería la cefalea, cómo admitir ahora la posibilidad de cefalea cuando todo depende de nuestro trabajo. Pero habrá que hacerlo, crece la inquietud de las mancuspias y es imposible seguir en la casa cuando de los corrales llega un rumor nunca oído, entonces nos lanzamos afuera protegidos por cascos de corcho, nos separamos después de un precipitado conciliábulo, una de nosotros corre a las jaulas de las madres en tanto que el otro verifica los cierres de portones, el nivel del agua en el tanque australiano, la posible irrupción de una zorra o un gato montés. Apenas llegamos a la entrada de los corrales y ya nos enceguece el sol, como albinos vacilamos entre las llamaradas blancas, quisiéramos continuar el trabajo pero es tarde, el cuadro *Belladona* nos arrasa hasta precipitarnos agotados en la hondura sombría del galpón. Congestionados, cara roja y caliente; pupilas dilatadas. Pulsación violenta en cerebro y carótidas. Violentas punzadas y lanzazos. Cefalea como sacudidas. A cada paso sacudida hacia abajo como si hubiera un peso en el occipital. Cuchilladas y punzadas. Dolor de estallido; como si se empujara el cerebro; peor agachándose, como si el cerebro cayera hacia afuera, como si fuera empujado hacia adelante, o los ojos estuvieran por salirse. (*Como* esto, *como* aquello; pero nunca como es de veras.) Peor con los ruidos, sacudidas, movimiento, luz. Y de pronto cesa, la sombra y la frescura se la lleva en un instante, nos deja una maravillada gratitud, un deseo de correr y sacudir la cabeza, asombrarse de que un minuto antes... Pero está el trabajo, y ahora sospechamos que la inquietud de las mancuspias obedece a falta de agua fresca, a la ausencia de Leonor y el Chango —son tan sensibles que han de sentir de algún modo esa ausencia—, y un poco a que extrañan el cambio en las labores de la mañana, nuestra torpeza, nuestro apuro.

Como no es día de esquila, uno de nosotros se ocupa del apareo prefijado y del control de peso; es fácil advertir que de ayer a hoy las crías han desmejorado bruscamente. Las madres comen mal, huelen prolongadamente la avena malteada antes de dignarse morder la tibia pasta alimenticia. Cumplimos silenciosos las últimas tareas, ahora la venida de la noche tiene otro sentido que no queremos examinar, ya no nos separamos como antes de un orden establecido y funcionando, de Leonor y el Chango y las mancuspias en sus sitios. Cerrar las puertas de la casa es dejar a solas un mundo sin legislación, librado a los sucesos de la noche y el alba. Entramos temerosos y prolijos, demorando el momento, incapaces de aplazarlo y por eso furtivos y esquivándonos, con toda la noche que espera como un ojo.

Por suerte tenemos sueño, la insolación y el trabajo pueden más que una inquietud incomunicada, nos vamos quedando dormidos sobre los restos fríos que masticamos penosamente, los recortes de huevo frito y pan mojado en leche. Algo rasca otra vez en la ventana del baño, en el techo parecen oírse corrimientos furtivos; no sopla viento, es noche de luna llena y los gallos cantarían antes de medianoche, si tuviéramos gallos. Vamos a la cama sin hablar, distribuyéndonos casi a tientas la última dosis del tratamiento. Con la luz apagada —pero no está bien dicho, no hay luz apagada, simplemente falta la luz, la casa es un fondo de tiniebla y por fuera todo luna llena— queremos decirnos algo y es apenas un preguntarse por mañana, por la forma de conseguir el alimento, llegar al pueblo. Y nos dormimos. Una hora, no más, el hilo ceniciento que tira la ventana apenas se ha movido hacia la cama. De pronto estamos sentados a oscuras, oyendo a oscuras porque se oye mejor. Algo les pasa a las mancuspias, el rumor es ahora un clamoreo rabioso o aterrado, se distingue el aullido afilado de las hembras y el ulular más bronco de los machos, se interrumpen de pronto y por la casa se mueve como una ráfaga de silencio, entonces otra vez el clamoreo crece contra la noche y la distancia. No pensamos en salir, demasiado es estar oyéndolas, uno de nosotros duda si los alaridos son fuera o aquí porque hay momentos en que nacen como desde adentro, y a lo largo de esa hora entramos en un cuadro *Aconitum* donde todo se confunde y nada es menos cierto que su contrario. Sí, las cefaleas vienen con tal violencia que apenas se las puede describir. Sensación de desgarro, de quemazón en el cerebro, en el cuero cabelludo, con miedo, con fiebre, con angustia. Plenitud y pesadez en la frente, como si allí hubiera un peso que presionara hacia afuera: como si todo fuera arrancado por la frente. *Aconitum* es repentino; salvaje; peor por vientos fríos; con inquietud, angustia, miedo. Las mancuspias rondan la casa, inútil repetirnos que están en los corrales, que los candados resisten.

No advertimos el amanecer, hacia las cinco nos abate un sueño sin reposo del que salen nuestras manos a hora fija para llevar los glóbulos a la boca. Hace rato que golpean en la puerta del living, los golpes crecen con rabia hasta que uno de nosotros deja que las zapatillas se pongan sus pies y se arrastren hasta la llave. Es la policía con la noticia del arresto del Chango; nos traen de vuelta el sulky, allá sospecharon el robo y el abandono. Hay que firmar una declaración, todo está bien, el sol alto y un gran silencio en los corrales. Los policías miran los corrales, uno se tapa la nariz con el pañuelo, hace como que tose. Decimos pronto lo que quieren, firmamos, y se van casi corriendo, pasan lejos de los corrales y los miran, también a nosotros nos han mirado, aventurando una ojeada al interior (sale un aire estancado por la puerta), y se van casi corriendo. Es muy curioso que estos brutos no quieran espiar más, huyen como apestados, ya pasan al galope por el camino del costado.

Uno de nosotros parece decidir personalmente que el otro irá en seguida a buscar alimento con el sulky, mientras se cumple la tarea matinal. Subimos sin ganas, el caballo está cansado porque lo han traído sin respiro, vamos saliendo de a poco y mirando atrás. Todo está en orden, entonces no eran las mancuspias las que hacían ruidos en la casa, habrá que fumigar las ratas del tejado, asombra el ruido que una sola rata puede hacer de noche. Abrimos los corrales, juntamos las madres pero apenas queda avena malteada y las mancuspias pelean ferozmente, se arrancan pedazos de lomo y de cuello, les salta la sangre y hay que separarlas a látigo y gritos. Después de eso la lactancia de las crías es penosa e imperfecta, se advierte que los pichones están hambrientos, algunos vacilan al correr o se apoyan en los alambrados. Hay un macho muerto a la entrada de su jaula, inexplicablemente. Y el caballo se resiste a trotar, ya estamos a diez cuadras de la casa y todavía al paso, con la cabeza caída y resollando. Desanimados emprendemos la vuelta, llegamos para ver cómo los últimos restos de alimento se pierden en un revuelo de pelea.

Volvemos sin obstinarnos a la veranda. En el primer peldaño hay un pichón de mancuspia muriéndose.

Lo alzamos, lo ponemos en un canasto con paja, quisiéramos saber qué tiene pero se muere con la muerte oscura de los animales. Y los candados estaban intactos, no se sabe cómo pudo escapar esta mancuspia, si su muerte es la escapatoria o si ha escapado porque se estaba muriendo. Le echamos diez glóbulos de *Nux Vomica* en el pico, se quedan ahí como perlitas, ya no puede tragar. Desde donde estamos se ve a un macho caído sobre las manos; intenta alzarse con una sacudida, pero vuelve a caer como si rezara.

Nos parece oír gritos, tan cerca nuestro que miramos hasta debajo de las sillas de paja de la veranda; el doctor Harbín nos ha prevenido contra las reacciones animales que atacan de mañana, no habíamos pensado que pudiera ser una cefalea así. Dolor occipital, de tanto en tanto un grito: cuadro de *Apis*, dolores como picaduras de abejas. Doblamos la cabeza hacia atrás, o la hundimos contra la almohada (en algún momento hemos llegado a la cama). Sin sed, pero sudando; orina escasa, gritos penetrantes. Como magullados, sensibles al tacto; en un momento nos dimos la mano y fue terrible. Hasta que cesa, paulatina, dejándonos el temor de una repetición con variante animal, como ya una vez: tras de la abeja, el cuadro de la serpiente. Son las dos y media.

Preferimos completar estos informes mientras dura la luz y estamos bien. Uno de nosotros debería ir ahora al pueblo, si pasa la siesta se nos hará muy tarde para volver, y quedarnos solos toda la noche en la casa, quizá sin poder medicamentarnos... La siesta se estanca silenciosa, hace calor en las piezas, si vamos hasta la veranda nos rechaza el color de tiza de la tierra, los galpones, los tejados.

Han muerto otras mancuspias pero el resto calla, sólo de cerca se las oiría jadear. Una de nosotros cree que alcanzaremos a venderlas, que debemos ir al pueblo. El otro hace estos apuntes y ya no cree en mucho. Que pase el calor, que sea de noche. Salimos casi a las siete, todavía hay unos puñados de alimento en el galpón, sacudiendo las bolsas cae un polvillo de avena que juntamos preciosamente. Ellas lo olfatean y la agitación en las jaulas es violenta. No nos atrevemos a soltarlas, es mejor poner una cucharada de pasta en cada jaula, así parece que están más satisfechas, que es más justo. Ni siquiera sacamos las mancuspias muertas, no nos explicamos cómo hay diez jaulas vacías, cómo parte de las crías anda mezclada con los machos en el corral. Se ve apenas, ahora anochece de golpe y el Chango nos robó el farol a carburo.

Parece como si en el camino, contra el monte de sauces, hubiera gente. Sería el momento de llamar para que alguien fuese al pueblo; todavía hay tiempo. A veces pensamos si no nos espían, la gente es tan ignorante y nos tiene tan entre ojos. Preferimos no pensar y cerramos la puerta con delicia, replegados a la casa donde todo es más nuestro. Quisiéramos consultar los manuales para precavernos de un nuevo *Apis*, o del otro animal todavía peor; dejamos la cena y leemos en voz alta, casi sin oír. Algunas frases suben sobre las otras, y afuera es igual, algunas mancuspias aúllan más alto que el resto, perduran y repiten un ulular lancinante. «*Crotalus cascavella* tiene alucinaciones peculiares…». Uno de nosotros repite la mención, nos alegra comprender tan bien el latín, crótalo cascabel, pero es decir lo mismo porque cascabel equivale a crótalo. Quizás el manual no quiere impresionar a los enfermos comunes con la mención directa del animal. Y sin embargo, lo nombra, esta terrible serpiente... «cuyo veneno actúa con espantosa intensidad». Tenemos que forzar la voz para oírnos entre el clamor de las mancuspias, otra vez las sentimos cerca de la casa, en los techos, rascando las ventanas, contra los dinteles. De alguna manera no es ya raro, por la tarde vimos tantas jaulas abiertas, pero la casa está cerrada y la luz en el comedor nos envuelve en una fría protección mientras nos ilustramos a gritos. Todo está claro en el manual, un lenguaje directo para enfermos sin prejuicios, la descripción del cuadro: cefalea y gran excitación, causadas por comenzar a dormir. (Pero por suerte no tenemos sueño.) El cráneo comprime el cerebro como un casco de acero —bien dicho—. Algo viviente camina en círculo dentro de la cabeza. (Entonces la casa es nuestra cabeza, la sentimos rondada, cada ventana es una oreja contra el aullar de las mancuspias ahí afuera.) Cabeza y pecho comprimidos por una armadura de hierro. Un hierro al rojo hundido en el vértex. No estamos seguros sobre el vértex, hace un momento que la luz vacila, cede poco a poco, nos olvidamos de poner en marcha el molino por la tarde. Cuando ya no se puede leer encendemos una vela junto al manual para terminar de enterarnos de los síntomas, es mejor saber por si más tarde —dolores lancinantes agudos en sien derecha, esta terrible serpiente cuyo veneno actúa con espantosa intensidad (ya leímos eso, es difícil alumbrar el manual con una vela), algo viviente camina en círculo dentro de la cabeza, también lo leímos y es así, algo viviente camina en círculo—.

No estamos inquietos, peor es afuera, si hay afuera. Por sobre el manual nos estamos mirando, y si uno de nosotros alude con un gesto al aullar que crece más y más, volvemos a la lectura como seguros de que todo eso está ahora ahí, donde algo viviente camina en círculo aullando contra las ventanas, contra los oídos, el aullar de las mancuspias muriéndose de hambre.

Circe

And one kiss I had of her mouth, as
I took the apple from her hand. But
while I bit it, my brain whirled and my
foot stumbled; and I felt my crashing
fall through the tangled boughs beneath
her feet and saw the dead white faces
that welcomed me in the pit.

DANTE GABRIEL ROSSETTI,
The Orchard-Pit

Porque ya no ha de importarle, pero esa vez le dolió la coincidencia de los chismes entrecortados, la cara
servil de Madre Celeste contándole a tía Bebé, la incrédula desazón en el gesto de su padre. Primero fue la de
la casa de altos, su manera vacuna de girar despacio la
cabeza, rumiando las palabras con delicia de bolo vegetal. Y también la chica de la farmacia —«no porque yo
lo crea, pero si fuese verdad qué horrible»— y hasta
don Emilio, siempre discreto como sus lápices y sus li-
bretas de hule. Todos hablaban de Delia Mañara con
un resto de pudor, nada seguros de que pudiera ser así,

pero en Mario se abría paso a puerta limpia un aire de rabia subiéndole a la cara. Odió de improviso a su familia con un ineficaz estallido de independencia. No los había querido nunca, sólo la sangre y el miedo a estar solo lo ataban a su madre y a los hermanos. Con los vecinos fue directo y brutal, a don Emilio lo puteó de arriba abajo la primera vez que se repitieron los comentarios. A la de la casa de altos le negó el saludo como si eso pudiera afligirla. Y cuando volvía del trabajo entraba ostensiblemente para saludar a los Mañara y acercarse —a veces con caramelos o un libro— a la muchacha que había matado a sus dos novios.

Yo me acuerdo mal de Delia, pero era fina y rubia, demasiado lenta en sus gestos (yo tenía doce años, el tiempo y las cosas son lentas entonces) y usaba vestidos claros con faldas de vuelo libre. Mario creyó un tiempo que la gracia de Delia y sus vestidos apoyaban el odio de la gente. Se lo dijo a Madre Celeste: «La odian porque no es chusma como ustedes, como yo mismo», y ni parpadeó cuando su madre hizo ademán de cruzarle la cara con una toalla. Después de eso fue la ruptura manifiesta; lo dejaban solo, le lavaban la ropa como por favor, los domingos se iban a Palermo o de picnic sin siquiera avisarle. Entonces Mario se acercaba a la ventana de Delia y le tiraba una piedrita. A veces ella salía, a veces la escuchaba reírse adentro, un poco malvadamente y sin darle esperanzas.

Vino la pelea Firpo-Dempsey y en cada casa se lloró y hubo indignaciones brutales, seguidas de una humillada melancolía casi colonial. Los Mañara se mudaron a cuatro cuadras y eso hace mucho en Almagro, de manera que otros vecinos empezaron a tratar a Delia, las familias de Victoria y Castro Barros se olvidaron del caso y Mario siguió viéndola dos veces por semana cuando volvía del banco. Era ya verano y Delia quería salir a veces, iban juntos a las confiterías de Rivadavia o a sentarse en Plaza Once. Mario cumplió diecinueve años, Delia vio llegar sin fiestas —todavía estaba de negro— los veintidós.

Los Mañara encontraban injustificado el luto por un novio, hasta Mario hubiera preferido un dolor sólo por dentro. Era penoso presenciar la sonrisa velada de Delia cuando se ponía el sombrero ante el espejo, tan rubia sobre el luto. Se dejaba adorar vagamente por Mario y los Mañara, se dejaba pasear y comprar cosas, volver con la última luz y recibir los domingos por la tarde. A veces salía sola hasta el antiguo barrio, donde Héctor la había festejado. Madre Celeste la vio pasar una tarde y cerró con ostensible desprecio las persianas. Un gato seguía a Delia, todos los animales se mostraban siempre sometidos a Delia, no se sabía si era cariño o dominación, le andaban cerca sin que ella los mirara. Mario notó una vez que un perro se apartaba cuando Delia iba a acariciarlo. Ella lo llamó (era en el Once, de tarde) y el perro vino manso, tal vez contento, hasta sus dedos. La madre decía que Delia había jugado con arañas cuando chiquita. Todos se asombraban, hasta Mario que les tenía poco miedo. Y las mariposas venían a su pelo —Mario vio dos en una sola tarde, en San Isidro—, pero Delia las ahuyentaba con un gesto liviano. Héctor le había regalado un conejo blanco, que murió pronto, antes que Héctor. Pero Héctor se tiró en Puerto Nuevo, un domingo de madrugada. Fue entonces cuando Mario oyó los primeros chismes. La muerte de Rolo Médicis no había interesado a nadie desde que medio mundo se muere de un síncope. Cuando Héctor se suicidó los vecinos vieron demasiadas coincidencias, en Mario renacía la cara servil de Madre Celeste contándole a tía Bebé, la incrédula desazón en el gesto de su padre. Para colmo fractura del cráneo, porque Rolo cayó de una pieza al salir del zaguán de los Mañara, y aunque ya estaba muerto el golpe brutal contra el escalón fue otro feo detalle. Delia se había quedado adentro, raro que no se despidieran en la misma puerta, pero de todos modos estaba cerca de él y fue la primera en gritar. En cambio Héctor murió solo, en una noche de helada blanca, a las cinco horas de haber salido de casa de Delia como todos los sábados.

Yo me acuerdo mal de Mario, pero dicen que hacía linda pareja con Delia. Aunque ella estaba todavía con el luto por Héctor (nunca se puso luto por Rolo, vaya a saber el capricho), aceptaba la compañía de Mario para pasear por Almagro o ir al cine. Hasta ese entonces Mario se había sentido fuera de Delia, de su vida, hasta de la casa. Era siempre una «visita», y entre nosotros la palabra tiene un sentido exacto y divisorio. Cuando la tomaba del brazo para cruzar la calle, o al subir la escalera de la estación Medrano, miraba a veces su mano apretada contra la seda negra del vestido de Delia. Medía ese blanco sobre negro, esa distancia. Pero Delia se acercaría cuando volviera al gris, a los claros sombreros para el domingo de mañana.

Ahora que los chismes no eran un artificio absoluto, lo miserable para Mario estaba en que anexaban episodios indiferentes para darles un sentido. Mucha gente muere en Buenos Aires de ataques cardíacos o asfixia por inmersión. Muchos conejos languidecen y mueren en las casas, en los patios. Muchos perros rehúyen o aceptan las caricias. Las pocas líneas que Héctor dejó a su madre, los sollozos que la de la casa de altos dijo haber oído en el zaguán de los Mañara la noche en que murió Rolo (pero antes del golpe), el rostro de Delia los primeros días... La gente pone tanta inteligencia en esas cosas, y cómo de tantos nudos agregándose nace al final el trozo de tapiz —Mario veía a veces el tapiz, con asco, con terror, cuando el insomnio entraba en su piecita para ganarle la noche—.

«Perdoname mi muerte, es imposible que entiendas pero perdoname, mamá.» Un papelito arrancado al borde de *Crítica*, apretado con una piedra al lado del saco que quedó como un mojón para el primer marinero de la madrugada. Hasta esa noche había sido tan feliz, claro que lo habían visto raro las últimas semanas; no raro, mejor distraído, mirando el aire como si viera cosas. Igual que si tratara de escribir algo en el aire, descifrar un enigma. Todos los muchachos del café Rubí estaban de acuerdo. Mientras que Rolo no, le falló el corazón de golpe. Rolo era un muchacho solo y tranquilo, con plata y un Chevrolet doble faetón, de manera que pocos lo habían confrontado en ese tiempo final. En los zaguanes las cosas resuenan tanto, la de la casa de altos sostuvo días y días que el llanto de Rolo había sido como un alarido sofocado, un grito entre las manos que quieren ahogarlo y lo van cortando en pedazos. Y casi en seguida el golpe atroz de la cabeza contra el escalón, la carrera de Delia clamando, el revuelo ya inútil.

Sin darse cuenta, Mario juntaba pedazos de episodios, se descubría urdiendo explicaciones paralelas al ataque de los vecinos. Nunca preguntó a Delia, esperaba vagamente algo de ella. A veces pensaba si Delia sabría exactamente lo que se murmuraba. Hasta los Mañara eran raros, con su manera de aludir a Rolo y a Héctor sin violencia, como si estuviesen de viaje. Delia callaba protegida por ese acuerdo precavido e incondicional. Cuando Mario se agregó, discreto como ellos, los tres cubrieron a Delia con una sombra fina y constante, casi transparente los martes o los jueves, más palpable y solícita de sábado a lunes. Delia recobraba ahora una menuda vivacidad episódica, un día tocó el piano, otra vez jugó al ludo; era más dulce con Mario, lo hacía sentarse cerca de la ventana de la sala y le explicaba proyectos de costura o de bordado. Nunca le decía nada de los postres o los bombones, a Mario le extrañaba pero lo atribuía a delicadeza, a miedo de aburrirlo. Los Mañara alababan los licores de Delia; una noche quisieron servirle una copita, pero Delia dijo con brusquedad que eran licores para mujeres y que había volcado casi todas las botellas. «A Héctor...», empezó plañidera su madre, y no dijo más por no apenar a Mario. Después se dieron cuenta de que a Mario no lo molestaba la evocación de los novios. No volvieron a hablar de licores hasta que Delia recobró la animación y quiso probar recetas nuevas. Mario se acordaba de esa tarde porque acababan de ascenderlo, y lo primero que hizo fue comprarle bombones a Delia. Los Mañara picoteaban pacientemente la galena del aparatito con teléfonos, y lo hicieron quedarse un rato en el comedor para que escuchara cantar a

Rosita Quiroga. Luego él les dijo lo del ascenso, y que le traía bombones a Delia.

—Hiciste mal en comprar eso, pero andá lleváselos, está en la sala. —Y lo miraron salir y se miraron hasta que Mañara se sacó los teléfonos como si se quitara una corona de laurel, y la señora suspiró desviando los ojos. De pronto los dos parecían desdichados, perdidos. Con un gesto turbio Mañara levantó la palanquita de la galena.

Delia se quedó mirando la caja y no hizo mucho caso de los bombones, pero cuando estaba comiendo el segundo, de menta con una crestita de nuez, le dijo a Mario que sabía hacer bombones. Parecía excusarse por no haberle confiado antes tantas cosas, empezó a describir con agilidad la manera de hacer los bombones, el relleno y los baños de chocolate o moka. Su mejor receta eran unos bombones a la naranja rellenos de licor, con una aguja perforó uno de los que le traía Mario para mostrarle cómo se los manipulaba; Mario veía sus dedos demasiado blancos contra el bombón, mirándola explicar le parecía un cirujano pausando un delicado tiempo quirúrgico. El bombón como una menuda laucha entre los dedos de Delia, una cosa diminuta pero viva que la aguja laceraba. Mario sintió un raro malestar, una dulzura de abominable repugnancia. «Tire ese bombón», hubiera querido decirle. «Tírelo lejos, no vaya a llevárselo a la boca porque está vivo, es un ratón vivo.» Después le volvió la alegría del ascenso, oyó a Delia repetir la receta del licor de té, del licor de rosa... Hundió los dedos en la caja y comió dos, tres bombones seguidos. Delia se sonreía como burlándose. Él se imaginaba cosas, y fue temerosamente feliz. «El tercer novio», pensó raramente. «Decirle así: su tercer novio, pero vivo.»

Ahora ya es más difícil hablar de esto, está mezclado con otras historias que uno agrega a base de olvidos menores, de falsedades mínimas que tejen y tejen por detrás de los recuerdos; parece que él iba más seguido a lo de Mañara, la vuelta a la vida de Delia lo ceñía a sus gustos y a sus caprichos, hasta los Mañara le pidieron con algún recelo que alentara a Delia, y él compraba las sustancias para los licores, los filtros y embudos que ella recibía con una grave satisfacción en la que Mario sospechaba un poco de amor, por lo menos algún olvido de los muertos.

Los domingos se quedaba de sobremesa con los suyos, y Madre Celeste se lo agradecía sin sonreír, pero dándole lo mejor del postre y el café muy caliente. Por fin habían cesado los chismes, al menos no se hablaba de Delia en su presencia. Quién sabe si los bofetones al más chico de los Camiletti o el agrio encresparse frente a Madre Celeste entraban en eso; Mario llegó a creer que habían recapacitado, que absolvían a Delia y hasta la consideraban de nuevo. Nunca habló de su casa en lo de Mañara, ni mencionó a su amiga en las sobremesas del domingo. Empezaba a creer posible esa doble vida a cuatro cuadras una de otra; la esquina de Rivadavia y Castro Barros era el puente necesario y eficaz. Hasta tuvo esperanza de que el futuro acercara las casas, las gentes, sordo al paso incomprensible que sentía —a veces, a solas— como íntimamente ajeno y oscuro.

Otras gentes no iban a ver a los Mañara. Asombraba un poco esa ausencia de parientes o de amigos. Mario no tenía necesidad de inventarse un toque especial de timbre, todos sabían que era él. En diciembre, con un calor húmedo y dulce, Delia logró el licor de naranja concentrado, lo bebieron felices un atardecer de tormenta. Los Mañara no quisieron probarlo, seguros de que les haría mal. Delia no se ofendió, pero estaba como transfigurada mientras Mario sorbía apreciativo el dedalito violáceo lleno de luz naranja, de olor quemante. «Me va a hacer morir de calor, pero está delicioso», dijo una o dos veces. Delia, que hablaba poco cuando estaba contenta, observó: «Lo hice para vos». Los Mañara la miraban como queriendo leerle la receta, la alquimia minuciosa de quince días de trabajo.

A Rolo le habían gustado los licores de Delia. Mario lo supo por unas palabras de Mañara dichas al pasar cuando Delia no estaba: «Ella le hizo muchas bebidas. Pero Rolo tenía miedo por el corazón. El alcohol es malo para el corazón». Tener un novio tan delicado, Mario comprendía ahora la liberación que asomaba en los gestos, en la manera de tocar el piano de Delia. Estuvo por preguntarles a los Mañara qué le gustaba a Héctor, si también Delia le hacía licores o postres a Héctor. Pensó en los bombones que Delia volvía a ensayar y que se alineaban para secarse en una repisa de la antecocina. Algo le decía a Mario que Delia iba a conseguir cosas maravillosas con los bombones. Después de pedir muchas veces, obtuvo que ella le hiciera probar uno. Ya se iba cuando Delia le trajo una muestra blanca y liviana en un platito de alpaca. Mientras lo saboreaba —algo apenas amargo, con un asomo de menta y nuez moscada mezclándose raramente—, Delia tenía los ojos bajos y el aire modesto. Se negó a aceptar los elogios, no era más que un ensayo y aún estaba lejos de lo que se proponía. Pero a la visita siguiente —también de noche, ya en la sombra de la despedida junto al piano— le permitió probar otro ensayo. Había que cerrar los ojos para adivinar el sabor, y Mario obediente cerró los ojos y adivinó un sabor a mandarina, levísimo, viniendo desde lo más hondo del chocolate. Sus dientes desmenuzaban trocitos crocantes, no alcanzó a sentir su sabor y era sólo la sensación agradable de encontrar un apoyo entre esa pulpa dulce y esquiva.

Delia estaba contenta del resultado, dijo a Mario que su descripción del sabor se acercaba a lo que había esperado. Todavía faltaban ensayos, había cosas sutiles por equilibrar. Los Mañara le dijeron a Mario que Delia no había vuelto a sentarse al piano, que se pasaba las horas preparando los licores, los bombones. No lo decían con reproche, pero tampoco estaban contentos; Mario adivinó que los gastos de Delia los afligían. Entonces pidió a Delia en secreto una lista de las esencias y sustancias necesarias. Ella hizo algo que nunca antes, le pasó los brazos por el cuello y lo besó en la mejilla. Su boca olía despacito a menta. Mario cerró los ojos, llevado por la necesidad de sentir el perfume y el sabor desde debajo de los párpados. Y el beso volvió, más duro y quejándose.

No supo si le había devuelto el beso, tal vez se quedó quieto y pasivo, catador de Delia en la penumbra de la sala. Ella tocó el piano, como casi nunca ahora, y le pidió que volviera al otro día. Nunca habían hablado con esa voz, nunca se habían callado así. Los Mañara sospecharon algo porque vinieron agitando los periódicos y con noticias de un aviador perdido en el Atlántico. Eran días en que muchos aviadores se quedaban a mitad del Atlántico. Alguien encendió la luz y Delia se apartó enojada del piano, a Mario le pareció un instante que su gesto ante la luz tenía algo de la fuga enceguecida del ciempiés, una loca carrera por las paredes. Abría y cerraba las manos, en el vano de la puerta, y después volvió como avergonzada, mirando de reojo a los Mañara; los miraba de reojo y se sonreía.

Sin sorpresa, casi como una confirmación, midió Mario esa noche la fragilidad de la paz de Delia, el peso persistente de la doble muerte. Rolo, vaya y pase; Héctor era ya el desborde, el trizado que desnuda un espejo. De Delia quedaban las manías delicadas, la manipulación de esencias y animales, su contacto con cosas simples y oscuras, la cercanía de las mariposas y los gatos, el aura de su respiración a medias en la muerte. Se prometió una caridad sin límites, una cura de años en habitaciones claras y parques alejados del recuerdo; tal vez sin casarse con Delia, simplemente prolongando este amor tranquilo hasta que ella no viese más una tercera muerte andando a su lado, otro novio, el que sigue para morir.

Creyó que los Mañara iban a alegrarse cuando él empezara a traerle los extractos a Delia; en cambio se enfurruñaron y se replegaron hoscos, sin comentarios, aunque terminaban transando y yéndose, sobre todo cuando venía la hora de las pruebas, siempre en la sala y casi de noche, y había que cerrar los ojos y definir —con cuántas vacilaciones a veces por la sutilidad de la materia— el sabor de un trocito de pulpa nueva, pequeño milagro en el plato de alpaca.

A cambio de esas atenciones Mario obtenía de Delia una promesa de ir juntos al cine o pasear por Palermo. En los Mañara advertía gratitud y complicidad cada vez que venía a buscarla el sábado de tarde o la mañana del domingo. Como si prefiriesen quedarse solos en la casa para oír radio o jugar a las cartas. Pero también sospechó una repugnancia de Delia a irse de la casa cuando quedaban los viejos. Aunque no estaba triste junto a Mario, las pocas veces que salieron con los Mañara se alegró más, entonces se divertía de veras en la Exposición Rural, quería pastillas y aceptaba juguetes que a la vuelta miraba con fijeza, estudiándolos hasta cansarse. El aire puro le hacía bien, Mario le vio una tez más clara y un andar decidido. Lástima esa vuelta vespertina al laboratorio, el ensimismamiento interminable con la balanza o las tenacillas. Ahora los bombones la absorbían al punto de dejar los licores; ahora pocas veces daba a probar sus hallazgos. A los Mañara nunca; Mario sospechaba sin razones que los Mañara hubieran rehusado probar sabores nuevos; preferían los caramelos comunes y si Delia dejaba una caja sobre la mesa, sin invitarlos pero como invitándolos, ellos escogían las formas simples, las de antes, y hasta cortaban los bombones para examinar el relleno. A Mario le divertía el sordo descontento de Delia junto al piano, su aire falsamente distraído. Guardaba para él las novedades, a último momento venía de la cocina con el platito de alpaca; una vez se hizo tarde tocando el piano y Delia dejó que la acompañara hasta la cocina para buscar unos bombones nuevos. Cuando encendió la luz, Mario vio el gato dormido en su rincón, y las cucarachas que huían por las baldosas. Se acordó de la cocina de su casa, Madre Celeste desparramando polvo amarillo en los zócalos. Aquella noche los bombones tenían gusto a moka y un dejo raramente salado (en lo más lejano del sabor) como si al final del gusto se escondiera una lágrima; era idiota pensar en eso, en el resto de las lágrimas caídas la noche de Rolo en el zaguán.

—El pez de color está tan triste —dijo Delia mostrándole el bocal con piedritas y falsas vegetaciones. Un pececillo rosa translúcido dormitaba con un acompasado movimiento de la boca. Su ojo frío miraba a Mario como una perla viva. Mario pensó en el ojo salado como una lágrima que resbalaría entre los dientes al mascarlo.

—Hay que renovarle más seguido el agua —propuso.

—Es inútil, está viejo y enfermo. Mañana se va a morir.

A él le sonó el anuncio como un retorno a lo peor, a la Delia atormentada del luto y los primeros tiempos. Todavía tan cerca de aquello, del peldaño y el muelle, con fotos de Héctor apareciendo de golpe entre los pares de medias o las enaguas de verano. Y una flor seca —del velorio de Rolo— sujeta sobre una estampa en la hoja del ropero.

Antes de irse le pidió que se casara con él en el otoño. Delia no dijo nada, se puso a mirar el suelo como si buscara una hormiga en la sala. Nunca habían hablado de eso, Delia parecía querer habituarse y pensar antes de contestarle. Después lo miró brillantemente, irguiéndose de golpe. Estaba hermosa, le temblaba un poco la boca. Hizo un gesto como para abrir una puertecita en el aire, un ademán casi mágico.

—Entonces sos mi novio —dijo—. Qué distinto me parecés, qué cambiado.

Madre Celeste oyó sin hablar la noticia, puso a un lado la plancha y en todo el día no se movió de su cuarto, adonde entraban de a uno los hermanos para salir con caras largas y vasitos de Hesperidina. Mario se fue a ver fútbol y por la noche llevó rosas a Delia. Los Mañara lo esperaban en la sala, lo abrazaron y le dijeron cosas, hubo que destapar una botella de oporto y comer masas. Ahora el tratamiento era íntimo y a la vez más lejano. Perdían la simplicidad de amigos para mirarse con los ojos del pariente, del que lo sabe todo desde la primera infancia. Mario besó a Delia, besó a mamá Mañara, y al abrazar fuerte a su futuro suegro hubiera querido decirle que confiaran en él, nuevo soporte del hogar, pero no le venían las palabras. Se notaba que también los Mañara hubieran querido decirle algo y no se animaban. Agitando los periódicos volvieron a su cuarto, y Mario se quedó con Delia y el piano, con Delia y la llamada de amor indio.

Una o dos veces, durante esas semanas de noviazgo, estuvo a un paso de citar a papá Mañara fuera de la casa para hablarle de los anónimos. Después lo creyó inútilmente cruel porque nada podía hacerse contra esos miserables que los hostigaban. El peor vino un sábado a mediodía en un sobre azul, Mario se quedó mirando la fotografía de Héctor en *Última Hora* y los párrafos subrayados con tinta azul. «Sólo una honda desesperación pudo arrastrarlo al suicidio, según declaraciones de los familiares.» Pensó raramente que los familiares de Héctor no habían aparecido más por lo de Mañara. Quizá fueron alguna vez en los primeros días. Se acordaba ahora del pez de color, los Mañara habían dicho que era regalo de la madre de Héctor. Pez de color muerto el día anunciado por Delia. Sólo una honda desesperación pudo arrastrarlo. Quemó el sobre, el recorte, hizo un recuento de sospechosos y se propuso franquearse con Delia, salvarla en sí mismo de los hilos de baba, del rezumar intolerable de esos rumores. A los cinco días (no había hablado con Delia ni con los Mañara) vino el segundo. En la cartulina celeste había primero una estrellita (no se sabía por qué) y después: «Yo que usted tendría cuidado con el escalón de la cancel.» Del sobre salió un perfume vago a jabón de almendra. Mario pensó si la de la casa de altos usaría jabón de almendra, hasta tuvo el torpe valor de revisar la cómoda de Madre Celeste y de su hermana. También quemó este anónimo, tampoco le dijo nada a Delia. Era en diciembre, con el calor de esos diciembres del veintitantos, ahora iba después de cenar a lo de Delia y hablaban paseándose por el jardincito de atrás o dando vuelta a la manzana. Con el calor comían menos bombones, no que Delia renunciara a sus ensayos pero traía pocas muestras a la sala, prefería guardarlos en cajas antiguas, protegidos en moldecitos, con un fino césped de papel verde claro por encima. Mario la notó inquieta, como alerta. A veces miraba hacia atrás en las esquinas, y la noche que hizo un gesto de rechazo al llegar al buzón de Medrano y Rivadavia, Mario comprendió que también a ella la estaban torturando desde lejos; que compartían sin decirlo un mismo hostigamiento.

Se encontró con papá Mañara en el Munich de Cangallo y Pueyrredón, lo colmó de cerveza y papas fritas sin arrancarlo de una vigilante modorra, como si desconfiara de la cita. Mario le dijo riendo que no iba a pedirle plata, sin rodeos le habló de los anónimos, la nerviosidad de Delia, el buzón de Medrano y Rivadavia.

—Ya sé que apenas nos casemos se acabarán estas infamias. Pero necesito que ustedes me ayuden, que la protejan. Una cosa así puede hacerle daño. Es tan delicada, tan sensible.

—Vos querés decir que se puede volver loca, ¿no es cierto?

—Bueno, no es eso. Pero si recibe anónimos como yo y se los calla, y eso se va juntando…

—Vos no la conocés a Delia. Los anónimos se los pasa… quiero decir que no le hacen mella. Es más dura de lo que te pensás.

—Pero mire que está como sobresaltada, que algo la trabaja —atinó a decir indefenso Mario.

—No es por eso, sabés —bebía su cerveza como para que le tapara la voz—. Antes fue igual, yo la conozco bien.

—¿Antes de qué?

—Antes de que se le murieran, sonso. Pagá que estoy apurado.

Quiso protestar pero papá Mañara estaba ya andando hacia la puerta. Le hizo un gesto vago de despedida y se fue para el Once con la cabeza gacha. Mario no se animó a seguirlo, ni siquiera pensar mucho lo que acababa de oír. Ahora estaba otra vez solo como al principio, frente a Madre Celeste, la de la casa de altos y los Mañara. Hasta los Mañara.

Delia sospechaba algo porque lo recibió distinta, casi parlanchina y sonsacadora. Tal vez los Mañara habían hablado del encuentro en el Munich, Mario esperó que tocara el tema para ayudarla a salir de ese silencio, pero ella prefería *Rose Marie* y un poco de Schumann, los tangos de Pacho con un compás cortado y entrador, hasta que los Mañara llegaron con galletitas y málaga y encendieron todas las luces. Se habló de Pola Negri, de un crimen en Liniers, del eclipse parcial y la descompostura del gato. Delia creía que el gato estaba empachado de pelos y apoyaba un tratamiento de aceite de castor. Los Mañara le daban la razón sin opinar pero no parecían convencidos. Se acordaron de un veterinario amigo, de unas hojas amargas. Optaban por dejarlo solo en el jardincito, que él mismo eligiera los pastos curativos. Pero Delia dijo que el gato se moriría, tal vez el aceite le prolongara la vida un poco más. Oyeron a un diarero en la esquina y los Mañara corrieron juntos a comprar *Última Hora*. A una muda consulta de Delia fue Mario a apagar las luces de la sala. Quedó la lámpara en la mesa del rincón, manchando de amarillo viejo la carpeta de bordados futuristas. En torno al piano había una luz velada.

Mario preguntó por la ropa de Delia, si trabajaba en su ajuar, si marzo era mejor que mayo para el casamiento. Esperaba un instante de valor para mencionar los anónimos, un resto de miedo a equivocarse lo detenía cada vez. Delia estaba junto a él en el sofá verde oscuro, su ropa celeste la recortaba débilmente en la penumbra. Una vez que quiso besarla, la sintió contraerse poco a poco.

—Mamá va a volver a despedirse. Esperá que se vayan a la cama...

Muera se oía a los Mañara, el crujir del diario, su diálogo continuo. No tenían sueño esa noche, las once y media y seguían charlando. Delia volvió al piano, como obstinándose tocaba largos valses criollos con da capo al fine una vez y otra, escalas y adornos un poco cursis pero que a Mario le encantaban, y siguió en el piano hasta que los Mañara vinieron a decirles buenas noches, y que no se quedaran mucho rato, ahora que él era de la familia tenía que velar más que nunca por Delia y cuidar que no trasnochara. Cuando se fueron, como a disgusto pero rendidos de sueño, el calor entraba a bocanadas por la puerta del zaguán y la ventana de la sala. Mario quiso un vaso de agua fresca y fue a la cocina aunque Delia quería servírselo y se molestó un poco. Cuando estuvo de vuelta vio a Delia en la ventana, mirando la calle vacía por donde antes en noches iguales se iban Rolo y Héctor. Algo de luna se acostaba ya en el piso cerca de Delia, en el plato de alpaca que Delia guardaba en la mano como otra pequeña luna. No había querido pedirle a Mario que probara delante de los Mañara, él tenía que comprender cómo la cansaban los reproches de los Mañara, siempre encontraban que era abusar de la bondad de Mario pedirle que probara los nuevos bombones. Claro que si no tenía ganas, pero nadie le merecía más confianza, los Mañara eran incapaces de apreciar un sabor distinto. Le ofrecía el bombón como suplicando, pero Mario comprendió el deseo que poblaba su voz, ahora lo abarcaba con una claridad que no venía de la luna, ni siquiera de Delia. Puso el vaso de agua sobre el piano (no había bebido en la cocina) y sostuvo con dos dedos el bombón, con Delia a su lado esperando el veredicto, anhelosa la respiración como si todo dependiera de eso, sin hablar pero urgiéndolo con el gesto, los ojos crecidos —o era la sombra de la sala—, oscilando apenas el cuerpo al jadear, porque ahora era casi un jadeo cuando Mario acercó el bombón a la boca, iba a morder, bajaba la mano y Delia gemía como si en medio de un placer infinito se sintiera de pronto frustrada. Con la mano libre apretó apenas los flancos del bombón pero no lo miraba, tenía los ojos en Delia y la cara de yeso, un pierrot repugnante en la penumbra. Los dedos se separaban, dividiendo el bombón. La luna cayó de plano en la masa blanquecina de la cucaracha, el cuerpo desnudo de su revestimiento coriáceo, y alrededor, mezclados con la menta y el mazapán, los trocitos de patas y alas, el polvillo del caparacho triturado.

Cuando le tiró los pedazos a la cara, Delia se tapó los ojos y empezó a sollozar, jadeando en un hipo que la ahogaba, cada vez más agudo el llanto como la noche de Rolo, entonces los dedos de Mario se cerraron en su garganta como para protegerla de ese horror que le subía del pecho, un borborigmo de lloro y quejido, con risas quebradas por retorcimientos, pero él quería solamente que se callara y apretaba para que solamente se callara, la de la casa de altos estaría ya escuchando con miedo y delicia de modo que había que callarla a toda costa. A su espalda, desde la cocina donde había encontrado al gato con las astillas clavadas en los ojos, todavía arrastrándose para morir dentro de la casa, oía la respiración de los Mañara levantados, escondiéndose en el comedor para espiarlos, estaba seguro de que los Mañara habían oído y estaban ahí, contra la puerta, en la sombra del comedor, oyendo cómo él hacía callar a Delia. Aflojó el apretón y la dejó resbalar hasta el sofá, convulsa y negra pero viva. Oía jadear a los Mañara, le dieron lástima por tantas cosas, por Delia misma, por dejársela otra vez y viva. Igual que Héctor y Rolo se iba y se la dejaba. Tuvo mucha lástima de los Mañara que habían estado ahí agazapados y esperando que él —por fin alguno— hiciera callar a Delia que lloraba, hiciera cesar por fin el llanto de Delia.

Las puertas del cielo

A las ocho vino José María con la noticia, casi sin rodeos me dijo que Celina acababa de morir. Me acuerdo que reparé instantáneamente en la frase, Celina acabando de morirse, un poco como si ella misma hubiera decidido el momento en que eso debía concluir. Era casi de noche y a José María le temblaban los labios al decírmelo.

—Mauro lo ha tomado tan mal, lo dejé como loco. Mejor vamos.

Yo tenía que terminar unas notas, aparte de que le había prometido a una amiga llevarla a comer. Pegué un par de telefoneadas y salí con José María a buscar un taxi. Mauro y Celina vivían por Cánning y Santa Fe, de manera que le pusimos diez minutos desde casa. Ya al acercarnos vimos gente que se paraba en el zaguán con un aire culpable y cortado; en el camino supe que Celina había empezado a vomitar sangre a las seis, que Mauro trajo al médico y que su madre estaba con ellos. Parece que el médico empezaba a escribir una larga receta cuando Celina abrió los ojos y se acabó de morir con una especie de tos, más bien un silbido.

—Yo lo sujeté a Mauro, el doctor tuvo que salir porque Mauro se le quería tirar encima. Usté sabe cómo es él cuando se cabrea.

Yo pensaba en Celina, en la última cara de Celina que nos esperaba en la casa. Casi no escuché los gritos de las viejas y el revuelo en el patio, pero en cambio me acuerdo que el taxi costaba dos sesenta y que el chofer tenía una gorra de lustrina. Vi a dos o tres amigos de la barra de Mauro, que leían *La Razón* en la puerta; una nena de vestido azul tenía en brazos al gato barcino y le atusaba minuciosa los bigotes. Más adentro empezaban los clamoreos y el olor a encierro.

—Andá velo a Mauro —le dije a José María—. Ya sabés que conviene darle bastante alpiste.

En la cocina andaban ya con el mate. El velorio se organizaba solo, por sí mismo: las caras, las bebidas, el calor. Ahora que Celina acababa de morir, increíble cómo la gente de un barrio larga todo (hasta las audiciones de preguntas y respuestas) para constituirse en el lugar del hecho. Una bombilla rezongó fuerte cuando pasé al lado de la cocina y me asomé a la pieza mortuoria. Misia Martita y otra mujer me miraron desde el oscuro fondo, donde la cama parecía estar flotando en una jalea de membrillo. Me di cuenta por su aire superior que acababan de lavar y amortajar a Celina; hasta se olía débilmente a vinagre.

—Pobrecita la finadita —dijo Misia Martita—. Pase, doctor, pase a verla. Parece como dormida.

Aguantando las ganas de putearla me metí en el caldo caliente de la pieza. Hacía rato que estaba mirando a Celina sin verla y ahora me dejé ir a ella, al pelo negro y lacio naciendo de una frente baja que brillaba como nácar de guitarra, al plato playo blanquísimo de su cara sin remedio. Me di cuenta de que no tenía nada que hacer ahí, que esa pieza era ahora de las mujeres, de las plañideras llegando en la noche. Ni siquiera Mauro podría entrar en paz a sentarse al lado de Celina, ni siquiera Celina estaba ahí esperando, esa cosa blanca y negra se volcaba del lado de las lloronas, las favorecía con su tema inmóvil repitiéndose. Mejor Mauro, ir a buscar a Mauro que seguía del lado nuestro.

De la pieza al comedor había sordos centinelas fumando en el pasillo sin luz. Peña, el loco Bazán, los dos hermanos menores de Mauro y un viejo indefinible me saludaron con respeto.

—Gracias por venir, doctor —me dijo uno—. Usté siempre tan amigo del pobre Mauro.

—Los amigos se ven en estos trances —dijo el viejo, dándome una mano que me pareció una sardina viva.

Todo esto ocurría, pero yo estaba otra vez con Celina y Mauro en el Luna Park, bailando en el Carnaval del cuarenta y dos, Celina de celeste que le iba tan mal con su tipo achinado, Mauro de palm-beach y yo con seis whiskeys y una mamúa padre. Me gustaba salir con Mauro y Celina para asistir de costado a su dura y caliente felicidad. Cuanto más me reprochaban estas amistades, más me arrimaba a ellos (a mis días, a mis horas) para presenciar su existencia de la que ellos mismos no sabían nada.

Me arranqué del baile, un quejido venía de la pieza trepando por las puertas.

—Ésa debe ser la madre —dijo el loco Bazán, casi satisfecho.

«Silogística perfecta del humilde», pensé. «Celina muerta, llega madre, chillido madre.» Me daba asco pensar así, una vez más estar pensando todo lo que a los otros les bastaba sentir. Mauro y Celina no habían sido mis cobayos, no. Los quería, cuánto los sigo queriendo. Solamente que nunca pude entrar en su simpleza, solamente que me veía forzado a alimentarme por reflejo de su sangre; yo soy el doctor Hardoy, un abogado que no se conforma con el Buenos Aires forense o musical o hípico, y avanza todo lo que puede por otros zaguanes. Ya sé que detrás de eso está la curiosidad, las notas que llenan poco a poco mi fichero. Pero Celina y Mauro no, Celina y Mauro no.

—Quién iba a decir esto —le oí a Peña—. Así tan rápido…

—Bueno, vos sabés que estaba muy mal del pulmón.

—Sí, pero lo mismo…

Se defendían de la tierra abierta. Muy mal del pulmón, pero así y todo… Celina tampoco debió esperar su muerte, para ella y Mauro la tuberculosis era «debilidad». Otra vez la vi girando entusiasta en brazos de Mauro, la orquesta de Canaro ahí arriba y un olor a polvo barato. Después bailó conmigo una machicha, la pista era un horror de gente y calina. «Qué bien baila, Marcelo», como extrañada de que un abogado fuera capaz de seguir una machicha. Ni ella ni Mauro me tutearon nunca, yo le hablaba de vos a Mauro pero a Celina le devolvía el tratamiento. A Celina le costó dejar el «doctor», tal vez la enorgullecía darme el título delante de otros, mi amigo el doctor. Yo le pedí a Mauro que se lo dijera, entonces empezó el «Marcelo». Así ellos se acercaron un poco a mí pero yo estaba tan lejos como antes. Ni yendo juntos a los bailes populares, al box, hasta al fútbol (Mauro jugó años atrás en Racing) o mateando hasta tarde en la cocina. Cuando acabó el pleito y le hice ganar cinco mil pesos a Mauro, Celina fue la primera en pedirme que no me alejara, que fuese a verlos. Ya no estaba bien, su voz siempre un poco ronca era cada vez más débil. Tosía por la noche, Mauro le compraba Neurofosfato Escay lo que era una idiotez, y también Hierro Quina Bisleri, cosas que se leen en las revistas y se les toma confianza.

Ibamos juntos a los bailes, y yo los miraba vivir.

—Es bueno que lo hable a Mauro —dijo José María que brotaba de golpe a mi lado—. Le va a hacer bien.

Fui, pero estuve todo el tiempo pensando en Celina. Era feo reconocerlo, en realidad lo que hacía era reunir y ordenar mis fichas sobre Celina, no escritas nunca pero bien a mano. Mauro lloraba a cara descubierta como todo animal sano y de este mundo, sin la menor vergüenza. Me tomaba las manos y me las humedecía con su sudor febril. Cuando José María lo forzaba a beber una ginebra, la tragaba entre dos sollozos con un ruido raro. Y las frases, ese barboteo de estupideces con toda su vida dentro, la oscura conciencia de la cosa irreparable que le había sucedido a Celina pero que sólo él acusaba y resentía. El gran narcisismo por fin excusado y en libertad para dar el espectáculo. Tuve asco de Mauro pero mucho más de mí mismo, y me puse a beber coñac barato que me abrasaba la boca sin placer. Ya el velorio funcionaba a todo tren, de Mauro abajo estaban todos perfectos, hasta la noche ayudaba caliente y pareja, linda para estarse en el patio y hablar de la finadita, para dejar venir el alba sacándole a Celina los trapos al sereno.

Esto fue un lunes, después tuve que ir a Rosario por un congreso de abogados donde no se hizo otra cosa que aplaudirse unos a otros y beber como locos, y volví a fin de semana. En el tren viajaban dos bailarinas del Moulin Rouge y reconocí a la más joven, que se hizo la zonza. Toda esa mañana había estado pensando en Celina, no que me importara tanto la muerte de Celina sino más bien la suspensión de un orden, de un hábito necesario. Cuando vi a las muchachas pensé en la carrera de Celina y el gesto de Mauro al sacarla de la milonga del griego Kasidis y llevársela con él. Se precisaba coraje para esperar alguna cosa de esa mujer, y fue en esa época que lo conocí, cuando vino a consultarme sobre el pleito de su vieja por unos terrenos en Sanagasta. Celina lo acompañó la segunda vez, todavía con un maquillaje casi profesional, moviéndose a bordadas anchas pero apretada a su brazo. No me costó medirlos, saborear la sencillez agresiva de Mauro y su esfuerzo inconfesado por incorporarse del todo a Celina. Cuando los empecé a tratar me pareció que lo había conseguido, al menos por fuera y en la conducta cotidiana. Después medí mejor, Celina se le escapaba un poco por la vía de los caprichos, su ansiedad de bailes populares, sus largos entresueños al lado de la radio, con un remiendo o un tejido en las manos. Cuando la oí cantar, una noche de Nebiolo y Racing cuatro a uno, supe que todavía estaba con Kasidis, lejos de una casa estable y de Mauro puestero del Abasto. Por conocerla mejor alenté sus deseos baratos, fuimos los tres a tanto sitio de altoparlantes cegadores, de pizza hirviendo y papelitos con grasa por el piso. Pero Mauro prefería el patio, las horas de charla con vecinos y el mate. Aceptaba de a poco, se sometía sin ceder. Entonces Celina fingía conformarse, tal vez ya estaba conformándose con salir menos y ser de su casa. Era yo el que le conseguía a Mauro para ir a los bailes, y sé que me lo agradeció desde un principio. Ellos se querían, y el contento de Celina alcanzaba para los dos, a veces para los tres.

Me pareció bien pegarme un baño, telefonear a Nilda que la iría a buscar el domingo de paso al hipódromo, y verlo enseguida a Mauro. Estaba en el patio, fumando entre largos mates. Me enternecieron los dos o tres agujeritos de su camiseta, y le di una palmada en el hombro al saludarlo. Tenía la misma cara de la última vez, al lado de la fosa, al tirar el puñado de tierra y echarse atrás como encandilado. Pero le encontré un brillo claro en los ojos, la mano dura al apretar.

—Gracias por venir a verme. El tiempo es largo, Marcelo.

—¿Tenés que ir al Abasto, o te reemplaza alguien?

—Puse a mi hermano el renguito. No tengo ánimo de ir, y eso que el día se me hace eterno.

—Claro, precisás distraerte. Vestite y damos una vuelta por Palermo.

—Vamos, lo mismo da.

Se puso un traje azul y pañuelo bordado, lo vi echarse perfume de un frasco que había sido de Celina. Me gustaba su forma de requintarse el sombrero, con el ala levantada, y su paso liviano y silencioso, bien compadre. Me resigné a escuchar —«los amigos se ven en estos trances»— y a la segunda botella de Quilmes Cristal se me vino con todo lo que tenía. Estábamos en una mesa del fondo del café, casi a solas; yo lo dejaba hablar pero de cuando en cuando le servía cerveza. Casi no me acuerdo de todo lo que dijo, creo que en realidad era siempre lo mismo. Me ha quedado una frase: «La tengo aquí», y el gesto al clavarse el índice en el medio del pecho como si mostrara un dolor o una medalla.

—Quiero olvidar —decía también—. Cualquier cosa, emborracharme, ir a la milonga, tirarme cualquier hembra. Usté me comprende, Marcelo, usté... —el índice subía, enigmático, se plegaba de golpe como un cortaplumas. A esa altura ya estaba dispuesto a aceptar cualquier cosa, y cuando yo mencioné el Santa Fe Palace como de pasada, él dio por hecho que íbamos al baile y fue el primero en levantarse y mirar la hora. Caminamos sin hablar, muertos de calor, y todo el tiempo yo sospechaba un recuento por parte de Mauro, su repetida sorpresa al no sentir contra su brazo la caliente alegría de Celina camino del baile.

—Nunca la llevé a ese *Palace* —me dijo de repente—. Yo estuve antes de conocerla, era una milonga muy rea. ¿Usté la frecuenta?

En mis fichas tengo una buena descripción del Santa Fe Palace, que no se llama Santa Fe ni está en esa calle, aunque sí a un costado. Lástima que nada de eso pueda ser realmente descrito, ni la fachada modesta con sus carteles promisores y la turbia taquilla, menos todavía los junadores que hacen tiempo en la entrada y lo calan a uno de arriba abajo. Lo que sigue es peor, no que sea malo porque ahí nada es ninguna cosa precisa; justamente el caos, la confusión resolviéndose en un falso orden: el infierno y sus círculos. Un infierno de parque japonés a dos cincuenta la entrada y damas cero cincuenta. Compartimentos mal aislados, especie de patios cubiertos sucesivos donde en el primero una típica, en el segundo una característica, en el tercero una norteña con cantores y malambo. Puestos en un pasaje intermedio (yo Virgilio) oíamos las tres músicas y veíamos los tres círculos bailando; entonces se elegía el preferido, o se iba de baile en baile, de ginebra en ginebra, buscando mesitas y mujeres.

—No está mal —dijo Mauro con su aire tristón—. Lástima el calor. Debían poner estratores.

(Para una ficha: estudiar, siguiendo a Ortega, los contactos del hombre del pueblo y la técnica. Ahí donde se creería un choque hay en cambio asimilación violenta y aprovechamiento; Mauro hablaba de refrigeración o de superheterodinos con la suficiencia porteña que cree que todo le es debido.) Yo lo agarré del brazo y lo puse en camino de una mesa porque él seguía distraído y miraba el palco de la típica, al cantor que tenía con las dos manos el micrófono y lo zarandeaba despacito. Nos acodamos contentos delante de dos cañas secas y Mauro se bebió la suya de un solo viaje.

—Esto asienta la cerveza. Puta que está concurrida la milonga.

Llamó pidiendo otra, y me dio calce para desentenderme y mirar. La mesa estaba pegada a la pista, del otro lado había sillas contra una larga pared y un montón de mujeres se renovaba con ese aire ausente de las milongueras cuando trabajan o se divierten. No se hablaba mucho, oíamos muy bien la típica, rebasada de fuelles y tocando con ganas. El cantor insistía en la nostalgia, milagrosa su manera de dar dramatismo a un compás más bien rápido y sin alce. *Las trenzas de mi china las traigo en la maleta...* Se prendía al micrófono como a los barrotes de un vomitorio, con una especie de lujuria cansada, de necesidad orgánica. Por momentos metía los labios contra la rejilla cromada, y de los parlantes salía una voz pegajosa —«yo soy un hombre honrado...»—; pensé que sería negocio una muñeca de goma y el micrófono escondido dentro, así el cantor podría tenerla en brazos y calentarse a gusto al cantarle. Pero no serviría para los tangos, mejor el bastón cromado con la pequeña calavera brillante en lo alto, la sonrisa tetánica de la rejilla.

Me parece bueno decir aquí que yo iba a esa milonga por los monstruos, y que no sé de otra donde se den tantos juntos. Asoman con las once de la noche, bajan de regiones vagas de la ciudad, pausados y seguros de uno o de a dos, las mujeres casi enanas y achinadas, los tipos como javaneses o mocovíes, apretados en trajes a cuadros o negros, el pelo duro peinado con fatiga, brillantina en gotitas contra los reflejos azules y rosa, las mujeres con enormes peinados altos que las hacen más enanas, peinados duros y difíciles de los que les queda el cansancio y el orgullo. A ellos les da ahora por el pelo suelto y alto en el medio, jopos enormes y amaricados sin nada que ver con la cara brutal más abajo, el gesto de agresión disponible y esperando su hora, los torsos eficaces sobre finas cinturas. Se reconocen y se admiran en silencio sin darlo a entender, es su baile y su encuentro, la noche de color. (Para una ficha: de dónde salen, qué profesiones los disimulan de día, qué oscuras servidumbres los aíslan y disfrazan.) Van a eso, los monstruos se enlazan con grave acatamiento, pieza tras pieza giran despaciosos sin hablar, muchos con los ojos cerrados gozando al fin la paridad, la completación. Se recobran en los intervalos, en las mesas son jactanciosos y las mujeres hablan chillando para que las miren, entonces los machos se ponen más torvos y yo he visto volar un sopapo y darle vuelta la cara y la mitad del peinado a una china bizca vestida de blanco que bebía anís. Además está el olor, no se concibe a los monstruos sin ese olor a talco mojado contra la piel, a fruta pasada, uno sospecha los lavajes presurosos, el trapo húmedo por la cara y los sobacos, después lo importante, lociones, rímmel, el polvo en la cara de todas ellas, una costra blancuzca y detrás las placas pardas trasluciendo. También se oxigenan, las negras levantan mazorcas rígidas sobre la tierra espesa de la cara, hasta se estudian gestos de rubia, vestidos verdes, se convencen de su transformación y desdeñan condescendientes a las otras que defienden su color. Mirando de reojo a Mauro yo estudiaba la diferencia entre su cara de rasgos italianos, la cara del porteño orillero sin mezcla negra ni provinciana, y me acordé de repente de Celina más próxima a los monstruos, mucho más cerca de ellos que Mauro y yo. Creo que Kasidis la había elegido para complacer a la parte achinada de su clientela, los pocos que entonces se animaban a su cabaré. Nunca había estado en lo de Kasidis en tiempos de Celina, pero después bajé una noche (para reconocer el sitio donde ella trabajaba

105

antes que Mauro la sacara) y no vi más que blancas, rubias o morochas pero blancas.

—Me dan ganas de bailarme un tango —dijo Mauro quejoso. Ya estaba un poco bebido al entrar en la cuarta caña. Yo pensaba en Celina, tan en su casa aquí, justamente aquí donde Mauro no la había traído nunca. Anita Lozano recibía ahora los aplausos cerrados del público al saludar desde el palco, yo la había oído cantar en el Novelty cuando se cotizaba alto, ahora estaba vieja y flaca pero conservaba toda la voz para los tangos. Mejor todavía, porque su estilo era canalla, necesitado de una voz un poco ronca y sucia para esas letras llenas de diatriba. Celina tenía esa voz cuando había bebido, de pronto me di cuenta cómo el Santa Fe era Celina, la presencia casi insoportable de Celina.

Irse con Mauro había sido un error. Lo aguantó porque lo quería y él la sacaba de la mugre de Kasidis, la promiscuidad y los vasitos de agua azucarada entre los primeros rodillazos y el aliento pesado de los clientes contra su cara, pero si no hubiera tenido que trabajar en las milongas a Celina le hubiera gustado quedarse. Se le veía en las caderas y en la boca, estaba armada para el tango, nacida de arriba abajo para la farra. Por eso era necesario que Mauro la llevara a los bailes, yo la había visto transfigurarse al entrar, con las primeras bocanadas de aire caliente y fuelles. A esta hora, metido sin vuelta en el Santa Fe, medí la grandeza de Celina, su coraje de pagarle a Mauro con unos años de cocina y mate dulce en el patio. Había renunciado a su cielo de milonga, a su caliente vocación de anís y valses criollos. Como condenándose a sabiendas, por Mauro y la vida

106

de Mauro, forzando apenas su mundo para que él la sacara a veces a una fiesta.

Ya Mauro andaba prendido con una negrita más alta que las otras, de talle fino como pocas y nada fea. Me hizo reír su instintiva pero a la vez meditada selección, la sirvientita era la menos igual a los monstruos; entonces me volvió la idea de que Celina había sido en cierto modo un monstruo como ellos, sólo que afuera y de día no se notaba como aquí. Me pregunté si Mauro lo habría advertido, temí un poco su reproche por traerlo a un sitio donde el recuerdo crecía de cada cosa como pelos en un brazo.

Esta vez no hubo aplausos, y él se acercó con la muchacha que parecía súbitamente entontecida y como boqueando fuera de su tango.

—Le presento a un amigo.

Nos dijimos los «encantados» porteños y ahí nomás le dimos de beber. Me alegraba verlo a Mauro entrando en la noche y hasta cambié unas frases con la mujer que se llamaba Emma, un nombre que no les va bien a las flacas. Mauro parecía bastante embalado y hablaba de orquestas con la frase breve y sentenciosa que le admiro. Emma se iba en nombres de cantores, en recuerdos de Villa Crespo y El Talar. Para entonces Anita Lozano anunció un tango viejo y hubo gritos y aplausos entre los mostruos, los tapes sobre todo que la favorecían sin distingos. Mauro no estaba tan curado como para olvidarse del todo, cuando la orquesta se abrió paso con un culebreo de los bandoneones, me miró de golpe, tenso y rígido, como acordándose. Yo me vi también en Racing, Mauro y Celina prendidos fuerte en ese tango que ella canturreó después toda la noche y en el taxi de vuelta.

—¿Lo bailamos? —dijo Emma, tragando su granadina con ruido.

Mauro ni la miraba. Me parece que fue en ese momento que los dos nos alcanzamos en lo más hondo. Ahora (ahora que escribo) no veo otra imagen que una de mis veinte años en Sportivo Barracas, tirarme a la pileta y encontrar otro nadador en el fondo, tocar el fondo a la vez y entrevernos en el agua verde y acre. Mauro echó atrás la silla y se sostuvo con un codo en la mesa. Miraba igual que yo la pista, y Emma quedó perdida y humillada entre los dos, pero lo disimulaba comiendo papas fritas. Ahora Anita se ponía a cantar quebrado, las parejas bailaban casi sin salir de su sitio y se veía que escuchaban la letra con deseo y desdicha y todo el negado placer de la farra. Las caras buscaban el palco y aun girando se las veía seguir a Anita inclinada y confidente en el micrófono. Algunos movían la boca repitiendo las palabras, otros sonreían estúpidamente como desde atrás de sí mismos, y cuando ella cerró su *tanto, tanto como fuiste mío, y hoy te busco y no te encuentro*, a la entrada en tutti de los fuelles respondió la renovada violencia del baile, las corridas laterales y los ochos entreverados en el medio de la pista. Muchos sudaban, una china que me hubiera llegado raspando al segundo botón del saco pasó contra la mesa y le vi el agua saliéndole de la raíz del pelo y corriendo por la nuca donde la grasa le hacía una canaleta más blanca. Había humo entrando del salón contiguo donde comían parrilladas y bailaban rancheras, el asado y los cigarrillos ponían una nube baja que deformaba las caras y las pinturas baratas de la pared de enfrente. Creo que yo ayudaba desde adentro con mis cuatro cañas, y Mauro se tenía el mentón con el revés de la mano, mirando fijo hacia adelante. No nos llamó la atención que el tango siguiera y siguiera allá arriba, una o dos veces vi a Mauro echar una ojeada al palco donde Anita hacía como que manejaba una batuta, pero después volvió a clavar los ojos en las parejas. No sé cómo decirlo, me parece que yo seguía su mirada y a la vez le mostraba el camino; sin vernos sabíamos (a mí me parece que Mauro sabía) la coincidencia de ese mirar, caíamos sobre las mismas parejas, los mismos pelos y pantalones. Yo oí que Emma decía algo, una excusa, y el espacio de mesa entre Mauro y yo quedó más claro, aunque no nos mirábamos. Sobre la pista parecía haber descendido un momento de inmensa felicidad, respiré hondo como asociándome y creo haber oído que Mauro hizo lo mismo. El humo era tan espeso que las caras se borroneaban más allá del centro de la pista, de modo que la zona de las sillas para las que planchaban no se veía entre los cuerpos interpuestos y la neblina. *Tanto como fuiste mío*, curiosa la crepitación que le daba el parlante a la voz de Anita, otra vez los bailarines se inmovilizaban (siempre moviéndose) y Celina que estaba sobre la derecha, saliendo del humo y girando obediente a la presión de su compañero, quedó un momento de perfil a mí, después de espaldas, el otro perfil, y alzó la cara para oír la música. Yo digo: Celina; pero entonces fue más bien saber sin comprender, Celina ahí sin estar, claro, cómo comprender eso en el momento. La mesa tembló de golpe, yo sabía que era el brazo de Mauro que temblaba, o el mío, pero no teníamos miedo, eso estaba más cerca del espanto y la alegría y el estómago. En realidad era estúpido, un sentimiento de cosa aparte que no nos dejaba salir, recobrarnos. Celina seguía siempre ahí, sin vernos, bebiendo el tango con toda la cara que una luz amarilla de humo desdecía y alteraba. Cualquiera de las negras podría haberse parecido más a Celina que ella en ese momento, la felicidad la transformaba de un modo atroz, yo no hubiese podido tolerar a Celina como la veía en ese momento y ese tango. Me quedó inteligencia para medir la devastación de su felicidad, su cara arrobada y estúpida en el paraíso al fin logrado; así pudo ser ella en lo de Kasidis de no existir el trabajo y los clientes. Nada la ataba ahora en su cielo sólo de ella, se daba con toda la piel a la dicha y entraba otra vez en el orden donde Mauro no podía seguirla. Era su duro cielo conquistado, su tango vuelto a tocar para ella sola y sus iguales, hasta el aplauso de vidrios rotos que cerró el refrán de Anita, Celina de espaldas, Celina de perfil, otras parejas contra ella y el humo.

No quise mirar a Mauro, ahora yo me rehacía y mi notorio cinismo apilaba comportamientos a todo vapor. Todo dependía de cómo entrara él en la cosa, de manera que me quedé como estaba, estudiando la pista que se vaciaba poco a poco.

—Vos te fijaste? —dijo Mauro.

—Sí.

—¿Vos te fijaste cómo se parecía?

No le contesté, el alivio pesaba más que la lástima. Estaba de este lado, el pobre estaba de este lado y no

110

alcanzaba ya a creer lo que habíamos sabido juntos. Lo vi levantarse y caminar por la pista con paso de borracho, buscando a la mujer que se parecía a Celina. Yo me estuve quieto, fumándome un rubio sin apuro, mirándolo ir y venir sabiendo que perdía su tiempo, que volvería agobiado y sediento sin haber encontrado las puertas del cielo entre ese humo y esa gente.

Bestiario

Entre la última cucharada de arroz con leche —poca canela, una lástima— y los besos antes de subir a acostarse, llamó la campanilla en la pieza del teléfono e Isabel se quedó remoloneando hasta que Inés vino de atender y dijo algo al oído de su madre. Se miraron entre ellas y después las dos a Isabel, que pensó en la jaula rota y las cuentas de dividir y un poco en la rabia de misia Lucera por tocarle el timbre a la vuelta de la escuela. No estaba tan inquieta, su madre e Inés miraban como más allá de ella, casi tomándola por pretexto; pero la miraban.

—A mí, creeme que no me gusta que vaya —dijo Inés—. No tanto por el tigre, después de todo cuidan bien ese aspecto. Pero la casa tan triste, y ese chico solo para jugar con ella…

—A mí tampoco me gusta —dijo la madre, e Isabel supo como desde un tobogán que la mandarían a lo de Funes a pasar el verano. Se tiró en la noticia, en la enorme ola verde, lo de Funes, lo de Funes, claro que la mandaban. No les gustaba pero convenía. Bronquios delicados, Mar del Plata carísima, difícil manejarse con una chica consentida, boba, conducta regular con lo buena que es la señorita Tania, sueño inquieto y juguetes por

113

todos lados, preguntas, botones, rodillas sucias. Sintió miedo, delicia, olor de sauces y la *u* de Funes se le mezclaba con el arroz con leche, tan tarde y a dormir, ya mismo a la cama.

Acostada, sin luz, llena de besos y miradas tristes de Inés y su madre, no bien decididas pero ya decididas del todo a mandarla. Antevivía la llegada en *break*, el primer desayuno, la alegría de Nino cazador de cucarachas, Nino sapo, Nino pescado (un recuerdo de tres años atrás, Nino mostrándole unas figuritas puestas con engrudo en un álbum, y diciéndole grave: «Éste es un sapo, y éste un pes-ca-do»). Ahora Nino en el parque esperándola con la red de mariposas, y también las manos blandas de Rema —las vio que nacían de la oscuridad, estaba con los ojos abiertos y en vez de la cara de Nino zas las manos de Rema, la menor de los Funes—. «Tía Rema me quiere tanto», y los ojos de Nino se hacían grandes y mojados, otra vez vio a Nino desgajarse flotando en el aire confuso del dormitorio, mirándola contento. Nino pescado. Se durmió queriendo que la semana pasara esa misma noche, y las despedidas, el viaje en tren, la legua en *break*, el portón, los eucaliptos del camino de entrada. Antes de dormirse tuvo un momento de horror cuando imaginó que podía estar soñando. Estirándose de golpe dio con los pies en los barrotes de bronce, le dolieron a través de las colchas, y en el comedor grande se oía hablar a su madre y a Inés, equipaje, ver al médico por lo de las erupciones, aceite de bacalao y hamamelis virgínica. No era un sueño, no era un sueño.

No era un sueño. La llevaron a Constitución una mañana ventosa, con banderitas en los puestos ambulantes de la plaza, torta en el Tren Mixto y gran entrada en el andén número catorce. La besaron tanto entre Inés y su madre que le quedó la cara como caminada, blanda y oliendo a rouge y polvo rachel de Coty, húmeda alrededor de la boca, un asco que el viento le sacó de un manotazo. No tenía miedo de viajar sola porque era una chica grande, con nada menos que veinte pesos en la cartera, Compañía Sansinena de Carnes Congeladas metiéndose por la ventanilla con un olor dulzón, el Riachuelo amarillo e Isabel repuesta ya del llanto forzado, contenta, muerta de miedo, activa en el ejercicio pleno de su asiento, su ventanilla, viajera casi única en un pedazo de coche donde se podía probar todos los lugares y verse en los espejitos. Pensó una o dos veces en su madre, en Inés —ya estarían en el 97, saliendo de Constitución—, leyó prohibido fumar, prohibido escupir, capacidad 42 pasajeros sentados, pasaban por Banfield a toda carrera, ¡vuuuúm! campo más campo más campo mezclado con el gusto del milkibar y las pastillas de mentol. Inés le había aconsejado que fuera tejiendo la mañanita de lana verde, de manera que Isabel la llevaba en lo más escondido del malctín, pobre Inés con cada idea tan pava.

En la estación le vino un poco de miedo, porque si el *break*… Pero estaba ahí, con don Nicanor florido y respetuoso, niña de aquí y niña de allá, si el viaje bueno, si doña Elisa siempre guapa, claro que había llovido— Oh andar del *break*, vaivén para traerle el entero acuario de su anterior venida a Los Horneros. Todo más menudo, más de cristal y rosa, sin el tigre entonces, con don Nicanor menos canoso, apenas tres años atrás, Nino un sapo, Nino un pescado, y las manos de Rema que daban deseos de llorar y sentirlas eternamente contra su cabeza, en una caricia casi de muerte y de vainillas con crema, las dos mejores cosas de la vida.

Le dieron un cuarto arriba, entero para ella, lindísimo. Un cuarto para grande (idea de Nino, todo rulos negros y ojos, bonito en su mono azul; claro que de tarde Luis lo hacía vestir muy bien, de gris pizarra con corbata colorada) y dentro otro cuarto chiquito con un cardenal enorme y salvaje. El baño quedaba a dos puertas (pero internas, de modo que se podía ir sin averiguar antes dónde estaba el tigre), lleno de canillas y metales, aunque a Isabel no la engañaban fácil y ya en el baño se notaba bien el campo, las cosas no eran tan perfectas como en un baño de ciudad. Olía a viejo, la segunda mañana encontró un bicho de humedad paseando por el lavabo. Lo tocó apenas, se hizo una bolita temerosa, perdió pie y se fue por el agujero gorgoteante.

Querida mamá tomo la pluma para — Comían en el comedor de cristales, donde se estaba más fresco. El Nene se quejaba a cada momento del calor, Luis no decía nada pero poco a poco se le veía brotar el agua en la frente y la barba. Solamente Rema estaba tranquila, pasaba los platos despacio y siempre como si la comida fuera de cumpleaños, un poco solemne y emocionante. (Isabel aprendía en secreto su manera de trinchar, de dirigir a las sirvientitas.) Luis casi siempre leía, los puños en las sienes y el libro apoyado en un sifón. Rema le tocaba el brazo antes de pasarle un plato, y a veces el

116

Nene lo interrumpía y lo llamaba filósofo. A Isabel le dolía que Luis fuera filósofo, no por eso sino por el Nene, porque entonces el Nene tenía pretexto para burlarse y decírselo.

Comían así: Luis en la cabecera, Rema y Nino en un lado, el Nene e Isabel del otro, de manera que había un grande en la punta y a los lados un chico y un grande. Cuando Nino quería decirle algo de veras le daba con el zapato en la canilla. Una vez Isabel gritó y el Nene se puso furioso y le dijo malcriada. Rema se quedó mirándola, hasta que Isabel se consoló en su mirada y la sopa juliana.

Mamita, antes de ir a comer es como en todos los otros momentos, hay que fijarse si — Casi siempre era Rema la que iba a ver si se podía pasar al comedor de cristales. Al segundo día vino al living grande y les dijo que esperaran. Pasó un rato largo hasta que un peón avisó que el tigre estaba en el jardín de los tréboles, entonces Rema tomó a los chicos de la mano y entraron todos a comer. Esta mañana las papas estuvieron resecas, aunque solamente el Nene y Nino protestaron.

Vos me dijiste que no debo andar haciendo — Porque Rema parecía detener, con su tersa bondad, toda pregunta. Estaban tan bien que no era necesario preocuparse por lo de las piezas. Una casa grandísima, y en el peor de los casos había que no entrar en una habitación; nunca más de una, de modo que no importaba. A los dos días Isabel se habituó igual que Nino. Jugaban de la mañana a la noche en el bosque de sauces, y si no se podía en el bosque de sauces les quedaba el jardín de los tréboles, el parque de las hamacas y la costa del arroyo. En la casa era lo mismo, tenían sus dormitorios, el corredor del medio, la biblioteca de abajo (salvo un jueves en que no se pudo ir a la biblioteca) y el comedor de cristales. Al estudio de Luis no iban porque Luis leía todo el tiempo, a veces llamaba a su hijo y le daba libros con figuras; pero Nino los sacaba de ahí, se iban a mirarlos al living o al jardín del frente. No entraban nunca en el estudio del Nene porque tenían miedo de sus rabias. Rema les dijo que era mejor así, se los dijo como advirtiéndoles; ellos ya sabían leer en sus silencios.

Al fin y al cabo era una vida triste. Isabel se preguntó una noche por qué los Funes la habrían invitado a veranear. Le faltó edad para comprender que no era por ella sino por Nino, un juguete estival para alegrar a Nino. Sólo alcanzaba a advertir la casa triste, que Rema estaba como cansada, que apenas llovía y las cosas tenían, sin embargo, algo de húmedo y abandonado. Después de unos días se habituó al orden de la casa, a la no difícil disciplina de aquel verano en Los Horneros. Nino empezaba a comprender el microscopio que le regalara Luis, pasaron una semana espléndida criando bichos en una batea con agua estancada y hojas de cala, poniendo gotas en la placa de vidrio para mirar los microbios. «Son larvas de mosquito, con ese microscopio no van a ver microbios», les decía Luis desde su sonrisa un poco quemada y lejana. Ellos no podían creer que ese rebullente horror no fuese un microbio. Rema les trajo un calidoscopio que guardaba en su armario, pero siempre les gustó más descubrir microbios y numerarles las patas. Isabel llevaba una libreta con los apuntes de los experimentos, combinaba la biología con la química y la preparación de un botiquín. Hicieron el botiquín en el cuarto de Nino, después de requisar la casa para proveerse de cosas. Isabel se lo dijo a Luis: «Queremos de todo: cosas». Luis les dio pastillas de Andreu, algodón rosado, un tubo de ensayo. El Nene, una bolsa de goma y un frasco de píldoras verdes con la etiqueta raspada. Rema fue a ver el botiquín, leyó el inventario en la libreta, y les dijo que estaban aprendiendo cosas útiles. A ella o a Nino (que siempre se excitaba y quería lucirse delante de Rema) se les ocurrió montar un herbario. Como esa mañana se podía ir al jardín de los tréboles, anduvieron sacando muestras y a la noche tenían el piso de sus dormitorios lleno de hojas y flores sobre papeles, casi no quedaba dónde pisar. Antes de dormirse, Isabel apuntó: «Hoja número 74: verde, forma de corazón, con pintitas marrones». La fastidiaba un poco que casi todas las hojas fueran verdes, casi todas lisas, casi todas lanceoladas.

El día que salieron a cazar las hormigas, vio a los peones de la estancia. Al capataz y al mayordomo los conocía bien porque iban con las noticias a la casa. Pero estos otros peones, más jóvenes, estaban ahí del lado de los galpones con un aire de siesta, bostezando a ratos y mirando jugar a los niños. Uno le dijo a Nino: «Pa que vaj a juntar tó esos bichos», y le dio con dos dedos en la cabeza, entre los rulos. Isabel hubiera querido que Nino se enojara, que demostrase ser el hijo del patrón. Ya estaban con la botella hirviendo de hormigas y en la costa del arroyo dieron con un enorme cascarudo y lo tiraron también adentro, para ver. La idea del formicario la habían sacado del Tesoro de la Juventud, y Luis les prestó un largo y profundo cofre de cristal. Cuando se iban, llevándolo entre los dos, Isabel le oyó decirle a Rema: «Mejor que se estén así quietos en casa». También le pareció que Rema suspiraba. Se acordó antes de dormirse, a la hora de las caras en la oscuridad, lo vio otra vez al Nene saliendo a fumar al porche, delgado y canturreando, a Rema que le llevaba el café y él que tomaba la taza equivocándose, tan torpe que apretó los dedos de Rema al tomar la taza, Isabel había visto desde el comedor que Rema tiraba la mano atrás y el Nene salvaba apenas la taza de caerse, y se reía con la confusión. Mejor hormigas negras que coloradas: más grandes, más feroces. Soltar después un montón de coloradas, seguir la guerra detrás del vidrio, bien seguros. Salvo que no se pelearan. Dos hormigueros, uno en cada esquina de la caja de vidrio. Se consolarían estudiando las distintas costumbres, con una libreta especial para cada clase de hormigas. Pero casi seguro que se pelearían, guerra *sin cuartel* para mirar por los vidrios, y una sola libreta.

A Rema no le gustaba espiarlos, a veces pasaba delante de los dormitorios y los veía con el formicario al lado de la ventana, apasionados e importantes. Nino era especial para señalar en seguida las nuevas galerías, e Isabel ampliaba el plano trazado con tinta a doble página. Por consejo de Luis terminaron aceptando hormigas negras solamente, y el formicario ya era enorme, las hormigas parecían furiosas y trabajaban hasta la noche, cavando y removiendo con mil órdenes y evoluciones, avisado frotar de antenas y patas, repentinos arranques de furor o vehemencia, concentraciones y desbandes sin causa visible. Isabel no sabía ya qué apuntar, dejó poco a poco la libreta y se pasaban horas estudiando y olvidándose los descubrimientos. Nino empezaba a querer volverse al jardín, aludía a las hamacas y a los petisos. Isabel lo despreciaba un poco. El formicario valía más que todo Los Horneros, y a ella le encantaba pensar que las hormigas iban y venían sin miedo a ningún tigre, a veces le daba por imaginarse un tigrecito chico como una goma de borrar, rondando las galerías del formicario; tal vez por eso los desbandes, las concentraciones. Y le gustaba repetir el mundo grande en el de cristal, ahora que se sentía un poco presa, ahora que estaba prohibido bajar al comedor hasta que Rema les avisara.

Acercó la nariz a uno de los vidrios, de pronto atenta porque le gustaba que la consideraran; oyó a Rema detenerse en la puerta, callar, mirarla. Esas cosas las oía con tan nítida claridad cuando era Rema.

—¿Por qué así sola?

—Nino se fue a las hamacas. Me parece que ésta debe ser una reina, es grandísima.

El delantal de Rema se reflejaba en el vidrio. Isabel le vio una mano levemente alzada, con el reflejo en el vidrio parecía como si estuviera dentro del formicario, de pronto pensó en la misma mano dándole la taza de café al Nene, pero ahora eran las hormigas que le andaban por los dedos, las hormigas en vez de la taza y la mano del Nene apretándole las yemas.

—Saque la mano, Rema —pidió.

—¿La mano?

—Ahora está bien. El reflejo asusta a las hormigas.

—Ah. Ya se puede bajar al comedor.

—Después. ¿El Nene está enojado con usted, Rema?

La mano pasó sobre el vidrio como un pájaro por una ventana. A Isabel le pareció que las hormigas se espantaban de veras, que huían del reflejo. Ahora ya no se veía nada, Rema se había ido, andaba por el corredor como escapando de algo. Isabel sintió miedo de su pregunta, un miedo sordo y sin sentido, quizá no de la pregunta como de verla irse así a Rema, del vidrio otra vez límpido donde las galerías desembocaban y se torcían como crispados dedos dentro de la tierra.

Una tarde hubo siesta, sandía, pelota a paleta en la pared que miraba al arroyo, y Nino estuvo espléndido sacando tiros que parecían perdidos y subiéndose al techo por la glicina para desenganchar la pelota metida entre dos tejas. Vino un peoncito del lado de los sauces y los acompañó a jugar, pero era lerdo y se le iban los tiros. Isabel olía hojas de aguaribay y en un momento, al devolver con un revés una pelota insidiosa que Nino le mandaba baja, sintió como muy adentro la felicidad del verano. Por primera vez entendía su presencia en Los Horneros, las vacaciones, Nino. Pensó en el formicario, allá arriba, y era una cosa muerta y rezumante, un horror de patas buscando salir, un aire viciado y venenoso. Golpeó la pelota con rabia, con alegría, cortó un tallo de aguaribay con los dientes y lo escupió asqueada, feliz, por fin de veras bajo el sol del campo.

Los vidrios cayeron como granizo. Era en el estudio del Nene. Lo vieron asomarse en mangas de camisa, con los anchos anteojos negros.

—¡Mocosos de porquería!

El peoncito escapaba. Nino se puso al lado de Isabel, ella lo sintió temblar con el mismo viento que los sauces.

—Fue sin querer, tío.

—De veras, Nene, fue sin querer.

Ya no estaba.

Le había pedido a Rema que se llevara el formicario y Rema se lo prometió. Después, charlando mientras la ayudaba a colgar su ropa y a ponerse el piyama, se olvidaron. Isabel sintió la cercanía de las hormigas cuando Rema le apagó la luz y se fue por el corredor a darle las buenas noches a Nino todavía lloroso y dolido, pero no se animó a llamarla de nuevo, Rema hubiera pensado que era una chiquilina. Se propuso dormir en seguida, y se desveló como nunca. Cuando fue el momento de las caras en la oscuridad, vio a su madre y a Inés mirándose con un sonriente aire de cómplices y poniéndose unos guantes de fosforescente amarillo. Vio a Nino llorando, a su madre y a Inés con los guantes que ahora eran gorros violeta que les giraban y giraban en la cabeza, a Nino con ojos enormes y huecos —tal vez por haber llorado tanto— y previó que ahora vería a Rema y a Luis, deseaba verlos y no al Nene, pero vio al Nene sin los anteojos, con la misma cara contraída que tenía cuando empezó a pegarle a Nino y Nino se iba echando atrás hasta quedar contra la pared y lo miraba como esperando que eso concluyera, y el Nene volvía a cruzarle la cara con un bofetón suelto y blando que sonaba a mojado, hasta que Rema se puso delante y él se rió con la cara casi tocando la de Rema, y entonces se oyó volver a Luis y decir desde lejos que ya podían ir al comedor de adentro. Todo tan rápido, todo porque Nino estaba ahí y Rema vino a decirles que no se movieran del living hasta que Luis verificara en qué pieza estaba el tigre, y se quedó con ellos mirándolos jugar a las damas. Nino ganaba y Rema lo elogió, entonces Nino se puso tan contento que le pasó los brazos por el talle y quiso besarla. Rema se había inclinado, riéndose, y Nino la besaba en los ojos y la nariz, los dos se reían y también Isabel, estaban tan contentos jugando así. No vieron acercarse al Nene, cuando estuvo al lado arrancó a Nino de un tirón, le dijo algo del pelotazo al vidrio de su cuarto y le empezó a pegar, miraba a Rema cuando pegaba, parecía furioso contra Rema y ella lo desafío un momento con los ojos, Isabel asustada la vio que lo encaraba y se ponía delante para proteger a Nino. Toda la cena fue un disimulo, una mentira, Luis creía que Nino lloraba por un porrazo, el Nene miraba a Rema como mandándola que se callara, Isabel lo veía ahora con la boca dura y hermosa, de labios rojísimos; en la tiniebla los labios eran todavía más escarlata, se le veía un brillo de dientes naciendo apenas. De los dientes salió una nube esponjosa, un triángulo verde, Isabel parpadeaba para borrar las imágenes y otra vez salieron Inés y su madre con guantes amarillos; las miró un momento y pensó en el formicario: eso estaba ahí y no se veía; los guantes amarillos no estaban y ella los veía en cambio como a pleno sol. Le pareció casi curioso, no podía hacer salir el formicario, más bien lo alcanzaba como un peso, un pedazo de espacio denso y vivo. Tanto lo sintió que se puso a buscar los fósforos, la vela de noche. El formicario saltó de la nada envuelto en penumbra oscilante. Isabel se acercaba llevando la vela. Pobres hormigas, iban a creer que era el sol que salía. Cuando pudo mirar uno de los lados, tuvo miedo; en plena oscuridad las hormigas habían estado trabajando. Las vio ir y venir, bullentes, en un silencio tan visible, tan palpable. Trabajaban allí adentro, como si no hubieran perdido todavía la esperanza de salir.

Casi siempre era el capataz el que avisaba de los movimientos del tigre; Luis le tenía la mayor confianza y como se pasaba casi todo el día trabajando en su estudio, no salía nunca ni dejaba moverse a los que venían del piso alto hasta que don Roberto mandaba su informe. Pero también tenían que confiar entre ellos. Rema, ocupada en los quehaceres de adentro, sabía bien lo que pasaba en la planta baja y arriba. Otras veces eran los chicos que traían la noticia al Nene o a Luis. No porque vieran nada, pero si don Roberto los encontraba afuera les marcaba el paradero del tigre y ellos volvían a avisar. A Nino le creían todo, a Isabel menos porque era nueva y podía equivocarse. Después, como andaba siempre con Nino pegado a sus polleras, terminaron creyéndole lo mismo. Eso, de mañana y de tarde; por la noche era el Nene quien salía a verificar si los perros estaban atados o si no había quedado rescoldo cerca de las casas. Isabel vio que llevaba el revólver y a veces un bastón con puño de plata.

A Rema no quería preguntarle porque Rema parecía encontrar en eso algo tan obvio y necesario; preguntarle hubiera sido pasar por tonta, y ella cuidaba su orgullo delante de otra mujer. Nino era fácil, hablaba y refería. Todo tan claro y evidente cuando él lo explicaba. Sólo por la noche, si quería repetirse esa claridad y esa evidencia, Isabel se daba cuenta de que las razones importantes continuaban faltando. Aprendió pronto lo que de veras importaba: verificar previamente si se podía salir de la casa o bajar al comedor de cristales, al estudio de Luis, a la biblioteca. «Hay que fiar en don Roberto», había dicho Rema. También en ella, y en Nino. A Luis no le preguntaba porque pocas veces sabía. Al Nene, que sabía siempre, no le preguntó jamás. Y así todo era fácil, la vida se organizaba para Isabel con algunas obligaciones más del lado de los movimientos, y algunas menos del lado de la ropa, las comidas, la hora de dormir. Un veraneo de veras, como debería ser el año entero.

... verte pronto. Ellos están bien. Con Nino tenemos un formicario y jugamos y llevamos un herbario muy grande. Rema te manda besos, está bien. Yo la encuentro triste, lo mismo a Luis que es muy bueno. Yo creo que Luis tiene algo, y eso que estudia tanto. Rema me dio unos pañuelos de colores preciosos, a Inés le van a gustar. Mamá esto es lindo y yo me divierto con Nino y don Roberto, es el capataz y nos dice cuándo podemos salir y adónde, una tarde casi se equivoca y nos manda a la costa del arroyo, en eso vino un peón a decir que no, vieras qué afligido estaba don

126

Roberto y después Rema, lo alzó a Nino y lo estuvo besando, y a mí me apretó tanto. Luis anduvo diciendo que la casa no era para chicos, y Nino le preguntó quiénes eran los chicos y todos se rieron, hasta el Nene se reía. Don Roberto es el capataz.

Si vinieras a buscarme te quedarías unos días y podrías estar con Rema y alegrarla. Yo creo que ella...

Pero decirle a su madre que Rema lloraba de noche, que la había oído llorar pasando por el corredor a pasos titubeantes, pararse en la puerta de Nino, seguir, bajar la escalera (se estaría secando los ojos) y la voz de Luis, lejana: «¿Qué tenés, Rema? ¿No estás bien?», un silencio, toda la casa como una inmensa oreja, después un murmullo y otra vez la voz de Luis: «Es un miserable, un miserable...», casi como comprobando fríamente un hecho, una filiación, tal vez un destino.

... está un poco enferma, le haría bien que vinieras y la acompañaras. Tengo que mostrarte el herbario y unas piedras del arroyo que me trajeron los peones. Decile a Inés...

Era una noche como le gustaba a ella, con bichos, humedad, pan recalentado y flan de sémola con pasas de Corinto. Todo el tiempo ladraban los perros sobre la costa del arroyo, un mamboretá enorme se plantó de un vuelo en el mantel y Nino fue a buscar la lupa, lo taparon con un vaso ancho y lo hicieron rabiar para que mostrase los colores de las alas.

—Tirá ese bicho —pidió Rema—. Les tengo tanto asco.

—Es un buen ejemplar —admitió Luis—. Miren cómo sigue mi mano con los ojos. El único insecto que gira la cabeza.

—Qué maldita noche —dijo el Nene detrás de su diario.

Isabel hubiera querido decapitar al mamboretá, darle un tijeretazo y ver qué pasaba.

—Dejalo dentro del vaso —pidió a Nino—. Mañana lo podríamos meter en el formicario y estudiarlo.

El calor subía, a las diez y media no se respiraba. Los chicos se quedaron con Rema en el comedor de adentro, los hombres estaban en sus estudios. Nino fue el primero en decir que tenía sueño.

—Subí solo, yo voy después a verte. Arriba está todo bien. —Y Rema lo ceñía por la cintura, con un gesto que a él le gustaba tanto.

—¿Nos contás un cuento, tía Rema?

—Otra noche.

Se quedaron solas, con el mamboretá que las miraba. Vino Luis a darles las buenas noches, murmuró algo sobre la hora en que los chicos debían irse a la cama, Rema le sonrió al besarlo.

—Oso gruñón —dijo, e Isabel inclinada sobre el vaso del mamboretá pensó que nunca había visto a Rema besando al Nene y a un mamboretá de un verde tan verde. Le movía un poco el vaso y el mamboretá rabiaba. Rema se acercó para pedirle que fuera a dormir.

—Tirá ese bicho, es horrible.

—Mañana, Rema.

Le pidió que subiera a darle las buenas noches. El Nene tenía entornada la puerta de su estudio y estaba paseándose en mangas de camisa, con el cuello suelto. Le silbó al pasar.

—Me voy a dormir, Nene.

—Oime: decile a Rema que me haga una limonada bien fresca y me la traiga aquí. Después subís no más a tu cuarto.

Claro que iba a subir a su cuarto, no veía por qué tenía él que mandárselo. Volvió al comedor para decirle a Rema, vio que vacilaba.

—No subas todavía. Voy a hacer la limonada y se la llevás vos misma.

—Él dijo que…

—Por favor.

Isabel se sentó al lado de la mesa. Por favor. Había nubes de bichos girando bajo la lámpara de carburo, se hubiera quedado horas mirando la nada y repitiendo: Por favor, por favor. Rema, Rema. Cuánto la quería, y esa voz de tristeza sin fondo, sin razón posible, la voz misma de la tristeza. Por favor. Rema, Rema… Un calor de fiebre le ganaba la cara, un deseo de tirarse a los pies de Rema, de dejarse llevar en brazos por Rema, una voluntad de morirse mirándola y que Rema le tuviera lástima, le pasara finos dedos frescos por el pelo, por los párpados…

Ahora le alcanzaba una jarra verde llena de limones partidos y hielo.

—Llevásela.

—Rema…

Le pareció que temblaba, que se ponía de espaldas a la mesa para que ella no le viese los ojos.

—Ya tiré el mamboretá, Rema.

Se duerme mal con el calor pegajoso y tanto zumbar de mosquitos. Dos veces estuvo a punto de levantarse, salir al corredor o ir al baño a mojarse las muñecas y la cara. Pero oía andar a alguien, abajo, alguien se paseaba de un lado al otro del comedor, llegaba al pie de la escalera, volvía... No eran los pasos oscuros y espaciados de Luis, no era el andar de Rema. Cuánto calor tenía esa noche el Nene, cómo se habría bebido a largos sorbos la limonada. Isabel lo veía bebiendo de la jarra, las manos sosteniendo la jarra verde con rodajas amarillas oscilando en el agua bajo la lámpara; pero a la vez estaba segura de que el Nene no había bebido la limonada, que estaba aún mirando la jarra que ella le llevara hasta la mesa como alguien que mira una perversidad infinita. No quería pensar en la sonrisa del Nene, su ir hasta la puerta como para asomarse al comedor, su retorno lento.

—Ella tenía que traérmela. A vos te dije que subieras a tu cuarto.

Y no ocurrírsele más que una respuesta tan idiota:

—Está bien fresca, Nene.

Y la jarra verde como el mamboretá.

Nino se levantó el primero y le propuso ir a buscar caracoles al arroyo. Isabel casi no había dormido, recordaba salones con flores, campanillas, corredores de clínica, hermanas de caridad, termómetros en bocales con bicloruro, imágenes de primera comunión, Inés, la bicicleta rota, el Tren Mixto, el disfraz de gitana de los ocho años.

Entre todo eso, como delgado aire entre hojas de álbum, se veía despierta, pensando en tantas cosas que no eran flores, campanillas, corredores de clínica. Se levantó de mala gana, se lavó duramente las orejas. Nino dijo que eran las diez y que el tigre estaba en la sala del piano, de modo que podían irse en seguida al arroyo. Bajaron juntos, saludando apenas a Luis y al Nene que leían con las puertas abiertas. Los caracoles quedaban en la costa sobre los trigales. Nino anduvo quejándose de la distracción de Isabel, la trató de mala compañera y de que no ayudaba a formar la colección. Ella lo veía de repente tan chico, tan un muchachito entre sus caracoles y sus hojas.

Volvió la primera, cuando en la casa izaban la bandera para el almuerzo. Don Roberto venía de inspeccionar e Isabel le preguntó como siempre. Ya Nino se acercaba despacio, cargando la caja de los caracoles y los rastrillos, Isabel lo ayudó a dejar los rastrillos en el porche y entraron juntos. Rema estaba ahí, blanca y callada. Nino le puso un caracol azul en la mano.

—Para vos, el más lindo.

El Nene ya comía, con el diario al lado, a Isabel le quedaba apenas sitio para apoyar el brazo. Luis vino el último de su cuarto, contento como siempre a mediodía. Comieron, Nino hablaba de los caracoles, los huevos de caracoles en las cañas, la colección por tamaños o colores. Él los mataría solo, porque a Isabel le daba pena, los pondrían a secar en una chapa de zinc. Después vino el café y Luis los miró con la pregunta usual, entonces Isabel se levantó la primera para buscar a don Roberto, aunque don Roberto ya le había dicho antes. Dio vuelta al porche y cuando entró otra vez, Rema y Nino tenían las cabezas juntas sobre los caracoles, estaban como en una fotografía de familia, solamente Luis la miró y ella dijo: «Está en el estudio del Nene», se quedó viendo cómo el Nene alzaba los hombros, fastidiado, y Rema que tocaba un caracol con la punta del dedo, tan delicadamente que también su dedo tenía algo de caracol. Después Rema se levantó para ir a buscar más azúcar, e Isabel fue detrás de ella charlando hasta que volvieron riendo por una broma que habían cambiado en la antecocina. Como a Luis le faltaba tabaco y mandó a Nino a su estudio, Isabel lo desafío a que encontraba primero los cigarrillos y salieron juntos. Ganó Nino, volvieron corriendo y empujándose, casi chocan con el Nene que se iba a leer el diario a la biblioteca, quejándose por no poder usar su estudio. Isabel se acercó a mirar los caracoles, y Luis esperando que le encendiera como siempre el cigarrillo la vio perdida, estudiando los caracoles que empezaban despacio a asomar y moverse, mirando de pronto a Rema, pero saliéndose de ella como una ráfaga, y obsesionada por los caracoles, tanto que no se movió al primer alarido del Nene, todos corrían ya y ella estaba sobre los caracoles como si no oyera el nuevo grito ahogado del Nene, los golpes de Luis en la puerta de la biblioteca, don Roberto que entraba con perros, las quejas del Nene entre los ladridos furiosos de los perros, y Luis repitiendo: «¡Pero si estaba en el estudio de él! ¡Ella dijo que estaba en el estudio de él!», inclinada sobre los caracoles esbeltos como dedos, quizá como los dedos de Rema, o era la mano de Rema que le tomaba el hombro, le hacía alzar la cabeza para mirarla, para estarla mirando una eternidad, rota por su llanto feroz contra la pollera de Rema, su alterada alegría, y Rema pasándole la mano por el pelo, calmándola con un suave apretar de dedos y un murmullo contra su oído, un balbucear como de gratitud, de innominable aquiescencia.

El papel utilizado para la impresión de este libro
ha sido fabricado a partir de madera
procedente de bosques y plantaciones
gestionados con los más altos estándares ambientales,
garantizando una explotación de los recursos
sostenible con el medio ambiente
y beneficiosa para las personas.
Por este motivo, Greenpeace acredita que
este libro cumple los requisitos ambientales y sociales
necesarios para ser considerado
un libro «amigo de los bosques».
El proyecto «Libros amigos de los bosques» promueve
la conservación y el uso sostenible de los bosques,
en especial de los Bosques Primarios,
los últimos bosques vírgenes del planeta.

Papel certificado por el Forest Stewardship Council®